暴走族くんと、同居はじめました。

Hoku*

STARTS
スターツ出版株式会社

イラスト／奈院ゆりえ

「え……？」
「同居？　俺が？　コイツと？」
「え、え、いやぁぁぁぁあ」
「うるっせえよ！　少しは黙れ！」

倉木七彩。
曲がったことが大嫌いな、高校１年生。

神代飛鳥。
『輝夜』の総長で、高校２年生。

「私はそういうところ大嫌い！　暴走族とか、ただのおちこぼれじゃん」
「あぁん!?　なにバカにしてんだよ。ざけんな」
暴走族なんて、不良なんて大嫌い……。
……っ、なのに。

「……守ってやるよ。お前も、お前の大切なものも。全部、俺が守ってやるよ」
ドキドキするなんて、そんなの……。
ありえないんだから……。

暴走族くんと、
同居はじめました。
登場人物紹介
かみしろ あすか
神代 飛鳥
暴走族“輝夜(カグヤ)”の総長で、七彩の1つ上の高2。イケメンだけど無愛想で俺様。
なお
直
高2。輝夜の幹部で、ピアスをたくさんつけているチャラ男。
へいた
平太
七彩と同じクラスで、輝夜の幹部。赤く染めた髪がトレードマーク。
さきと
咲人
高1で輝夜の幹部。女嫌いだけど、じつは友達思いの熱い人間。

倉木（くらき） 七彩（ななせ）

正義感が強く曲がったことが大嫌いな高校1年生。不良も嫌いだったけど…？

飛鳥と同じ高2で、輝夜の副総長。柔らかい物腰だが頭は切れる。

杉林（すぎばやし） 晴飛（はるひ）

転校生。爽やかイケメンだが、その正体は謎に包まれている。

☆contents

第5章

第6章

最終章

第1章

ヤンキーは敵である

『え……っ、おかあ、さんが……？』
　私がその知らせを聞いたのは、今からたった１週間前で。
　今でも、気持ちの整理なんてつくわけがない。
「なんで、お母さんだったんだろう……」
　なんの運命だったのかな。
　お母さんが不良同士のケンカに巻き込まれて、その勢いで刺されちゃうなんて。
　……そんなの、絶対にありえない。
　だから大嫌いなんだよ。ケンカする人も、素行の悪い不良やヤンキーも。
　みんなみんな、他人に迷惑しかかけないじゃないの。
「……大ッ嫌い」
　私はそんなひとり言を呟（つぶや）いて、大きく息を吸うと新たな地に足を踏み入れた。

　踏み入れた先は、私の転入先である私立高校。
　……入試で名前を書くだけで受かってしまうくらいの、不良だらけの高校。
　どこのお嬢様学校かと思ってしまうくらいキレイな校舎の壁には、その雰囲気には似合わない落書きを消した跡。
　あぁ、なるほど……。
　不良という、本当に迷惑な奴（やつ）らが書いた落書きを、清掃員とか業者の人が消したのね。
　私は１人で勝手に納得する。
　そして、ふと校舎を見上げた。
「最悪……」
　何が最悪って、校舎内から怒号が聞こえるのとか。
　机を蹴り飛ばす音がするとか。
　まぁ、そんなとこ。

「まず職員室に寄るんだっけ？」
　私は手元の【転入生案内】と書かれたプリントを見る。
　そこには、学校までのアクセスと当日の注意事項だけが書かれていた。
　校舎に入ると、とりあえず左へ曲がる。
　職員室って普通は１階にあるでしょ。
　どう見たって右は体育館への道。
　よし、左しかない。
　私はそう確信して、左へ突き進んだのだ。
　……が。
「え、ここどこ？」
　職員室なんてものはまったく見つからず、空き教室が続くばかり。
「方向音痴とかじゃ、ないのになぁ……」
　なんていうか、職員室は普通１階だろ！っていう常識の読み違いをしたみたい。
　不良校とは思えぬツヤツヤの床。おろしたての上履きがきゅっきゅっと鳴る。
　その時……。
　――バンッ!!
　廊下の角を曲がったあたりから音が聞こえた。
　何かを壁にぶつけたような、そんな音。
「……もしかして、人がいる？」
　不良は大嫌いだけど、職員室に寄ることが最優先。
　……職員室の場所を聞こうっと～。
　私は小走りで角を曲がる。
　――ガッシャァァアン。
「きゃっ！」
　次の瞬間、大きな体が私の前を横切った。
　いや、言い方が悪い。
　私の前を通って“飛んだ”のだ。
「くっそ、神代飛鳥を出せって言ってんだろうが！　お前みたいなクズには用ねぇんだよ！」
　その大きな体の持ち主が、その大きさに負けないくらいの大声で叫ぶ。
　スキンヘッドのその人は、口から血を流していた。
　え、つまり今のは……。
　誰かが、この巨体のスキンヘッドを殴るか蹴るかしたってことですかね……？
　え、え、嘘(うそ)でしょ!?
「あ、ありえない……」
　思わず呟くと、

「あぁん!?」
スキンヘッドに睨(にら)まれる。
そして、“誰だお前” みたいな顔をされてから、スキンヘッドは少しニヤッとした。
……なんか、イヤな予感しかしない。
私は本能で後ずさる。
だけどスキンヘッドの手が、それを許さなかった。
「ちょっと待ちな、お前……」
ゴツゴツした手に掴(つか)まれる。
……って、離せこの野郎っ！
そう思うけど、かなり強い力で掴まれていてほどけない。
そして、
「きゃあっ」
グイッとスキンヘッドに手を引かれた。
「くぅ……っ」
そして、スキンヘッドの腕が私の首にまわる。
つまりはこの状況……。
「おい！　この女の首を絞(し)められたくなかったら神代を出せや」
うわぁぁぁぁ、やっぱり！
これって……。
「人質なんて、とるなよ」
ですよね！　やっぱり人質だよね、これ!!
ん……？
私がその声にやっと顔を上げると、そこにはこんな状況なのにもかかわらず微笑む優しそうな男子がいた。

え、この人が？　こんな優しそうな人が、このスキンヘッドを殴るか蹴るかしたの？

背が高く、柔らかそうな茶色の髪の毛を揺らした優男は、私と目が合うともう一度にこっと微笑んだ。

笑ってないで助けてほしいんだけど……。

「今、僕のことクズって言った？」

その笑みを絶やさず、スキンヘッドに問いかける。

逆に怖い。

「あぁん？　当たり前だろ!!　俺はお前なんかに用ねぇんだよ、神代を出せっつってんだろ!!」

煽るようなことを言うスキンヘッド。

頼むからやめて。

スキンヘッドがイラ立つたびに力が入って……。

苦しい……っ。

「その女の子は関係なくない？」

「うっせぇんだよ！　はよ出せや」

お願いだから神代飛鳥さんとやら、出てきてあげて。

私、そろそろ死んじゃう。

「く、るし……っ」

思わず声を出す。

そんな私の声に、ニヤつくスキンヘッドと、ため息をつく目の前の優男。

いやいや、ため息をつきたいのはこっちだよ!!

なに巻き込んでくれちゃってんの？

「……わかったよ。飛鳥を呼べばいいんでしょ？」
「最初からそうしろよ」
　ほんとだよ。
　流れからすると、神代さんとやらは強いんでしょ？
　いいじゃん、勝手にケンカしていれば!!
「……飛鳥、出なきゃダメみたい」
　優男は、そう言って自分の後方に向かって声をかけた。
　……ちょっと待って。
　そこに、その神代さんがいるの!?
　さっさと出てこいよ、クソヤンキー!!
　どんな奴なのかしっかり見てやろう。
　……ハゲていたら笑ってやろう。
　このスキンヘッドと目の前で笑う優男と、まだ見たことないけど神代さんとやらは、“私の敵”決定。
　っていうかヤンキーは私の敵!!
「あれ、飛鳥、いるよね？　女の子死んじゃうんだけど」
　早く出てこい！
　その時、
「……るせぇ」
　優男の背後から低い声が聞こえた。
　こ、こわ……。
　じゃなくて!!　私を巻き込まないでよ～。
「……飛鳥、女の子死んじゃう。死ぬよ、たぶん。アイツが本気で絞めれば」
　イラッ！

　死ぬ死ぬ連呼しないでよ。
　その瞬間、優男の背後から、
「……死ぬのか？」
　ふっと、黒髪が見えた……。
　と同時に、ガッと、私の後方で音がした。
「……は？」
　思わず声が出る。
　だって私の首が解放されていたから……。
　つまり、
「……さすが飛鳥。瞬殺だね」
　一瞬にしてスキンヘッドは撃沈……。
　私は、思わずスキンヘッドに目を向ける。
　奴は、顎(あご)に大きいアザを作って気絶していた。
　嘘でしょ……。
「おい、お前」
　上のほうから声がかかる。
　怖いけど、見なきゃ殺されそう。
　仕方なく顔を上げると、
「う、わぁ……」
　妙に整った顔と、染めたように真っ黒な髪。
　高くスラッと伸びた背と眉間(みけん)に寄るシワ。
　そのすべてで、この時間を、この空間を支配しているようで……。
「……ひぇっ」
　なんともマヌケな声しか出ない。

ヤバイって、コイツ!!

絶対ヤバイって！

殺し屋とか、その類だって!!

警察に行けよ、無駄に顔をキラキラさせて!!

「……う～ん、残念だけど、飛鳥は殺し屋じゃないよ？」

「ひゃわっ!!」

１人でイライラしてると、耳元で呟かれる。

隣を見ると、さっきから笑みを絶やさない優男が私を覗き込んでいて、近さに思わず顔を背ける。

「な、なんで……」

「思いっきり口に出してたし。飛鳥もさすがに人は殺さないからね？」

ヤバイ……。

私は今さらながら口を塞いだ。

だけど、時すでに遅し。

仕方がないから、飛鳥と呼ばれた男のほうにチラッと目を向けると、

「……」

無言で睨みつけられた。

さっきのスキンヘッドみたく声で威圧していないのに、なんだこの悪寒……!!

とりあえず、私はどうすればいい!?

謝るか、それともケンカを売るか、はたまた知らないふりをするか考える……。

「……」

決めた!!
「……私は、これで……」
知らないフリするのが一番でしょう？
「ちょっと待てよ、お前」
……え。
イヤだよ、誰が待ちますか!!
「……何？」
もうここは怯(おび)えなくていい、私!!
強気でいこう！　そうしよう!!
「……名前は？」
その鋭い眼光で睨みつけられちゃ、なんでも吐いちゃいそうだけど……。
ここはグッと耐えて、倉木の“く”の字も出さないようにしなくちゃ！
なんせ、大っっ嫌いなヤンキーに私の名前が知れたらどうなることやら!!
……ってことで……。
「田中花子(たなかはなこ)です」
サラッと偽名を名乗る。
「……では、これで」
よし、どこにいても何もおかしくない『田中花子』という名前。
これでこんな奴らに知られることはない……!!
「へぇ～、学校に『田中花子』なんて子いたっけ？」
「いねぇよ」

だけど神代により、“田中花子”の存在は否定される。

「俺はこの学校の奴の名前なら全員わかるけど……田中花子なんて名前は知らねぇ……」

そしてそう言うと、私に近づいてくる神代。

「えっ？　いや、あの……」

そっと後ずさりをするけど、背中には壁。

私の背中にトンと壁が当たるのと、私の顔の横にドンと、神代の手が置かれるのは、同時だった。

え、これっていわゆる……。

壁ドン!?

……って、

「近寄んな！　アホッ!!」

顔が近い！　すべて近い!!

今の女子が全員、壁ドンで落ちるとか思うなよクソヤンキー!!

私は奴の腹を思いっきり膝(ひざ)蹴りしようとした……が、

「……おっと」

軽々と避(よ)けられてしまった。

そのやりとりを見ていた優男が、

「飛鳥を蹴ろうとするなんて、やるねぇキミ」

なんて笑顔で言うから、その笑顔につられて私も「あはは」と引きつりながらも笑い返す。

「……いきなり蹴りかかってくるなよ」

チッという舌打ちとともに、目の前の彼の目が光る。

……なんか睨まれてる。

眉間にシワを寄せた鋭い目つきで……。

これが俗にいう、殺気なんだとわかる。

なんでかって、

「おい、お前……この俺に向かって、なんて口きいてんだよ！」

そう言って私に詰め寄る彼が、恐ろしいオーラを身にまとっているから……。

ていうか!!

なんて口きいてんだよ、とか言ってますけど！

私、足しか出してませんけど!?

口きいてませんけど!!

とか、意味不明な屁理屈（へりくつ）を並べてみるけど、そんなことを言う度胸なんてない。

「田中花子なんて明らかな偽名を使いやがって、それでわかんねぇとか思ってたのかよ」

え、バレてんの？

完璧（かんぺき）だと思ったのに。

「七彩ちゃん、バレバレだよ～」

……やっぱ、ダメかぁ。

……ん？

「え、今なんて……？」

今、優男は……。

いやいや。空耳かもしれない、気のせいかもしれない!!

「え？　何？　“七彩ちゃん”」

……気のせいじゃない!?

「な、んで私の名前……!!」
　優男は、何か？　みたいな顔で私を見ている。
　おかしいでしょ！　絶対!!
「俺らにわかんねぇことなんてねぇんだよ」
　諦(あきら)めろ。
　そう言うかのように神代はあたしを見おろす。
　ってか!!
　なんで私の名前を知っているのか気になる……。
　ほら、今日来たばかりだし？
　転入生ってことも言っていないのに、なんか名前を当てられたし。
「気になる？」
「当たり前!!」
　私の食いつきが思ったよりよかったらしく、優男は満足そうに頷(うなず)いた。
「簡単なことだよ。名前を聞いた時、飛鳥がこの学校にそんな名前はいないって言ったでしょ？　ってことは、噂(うわさ)になっていた転入生。その転入生の名前が、"倉木七彩"だったってこと」
　へ～、すごい。
　……って、感心してどうする!!
「全校生徒の名前を把握してるとか……」
　そんなことあるの？
　しかも、さっき全校生徒の名前を覚えてるって神代は言ってたよね。

「飛鳥、人の名前を覚えるのは得意なんだよ。ちょっとだけ」
　ナニソレ。
　しかも、『ちょっとだけ』って小声でつけ足したよね!?
　……って、それより一番気になったのは……。
「噂になっていたって、ナンデスカ」
　噂になっているなんて問題でしょ？
　なんで!?
　私、この学校に知り合いとかいないのに。
「さぁな」
　神代はそう言うと、すごい目で睨んでくる。
「……っ」
　思わず、体がビクッとする。
「ごめんね、飛鳥は無愛想なんだ」
　ほんとに無愛想なだけなの？
　明らかな敵意を感じるんだけど。
「睨んでるけど、敵意があるわけじゃないからね。飛鳥、もともとこういう目つきなんだよ」
　優男がフォローするけど、ほんとごめんなさい。
　“そういう目つき”で片づけられるほど、かわいい目つきじゃないよ!?
　ふざけんな消え失せろオーラみたいなのもプラスされている。
　……もう、やめよう。
　この人たちとは、もう関わりたくない。
　これ以上、話して機嫌を損ねて殺されてもイヤだし。

当初の目的は職員室の場所を聞くためだったけど、この人たちに聞こうとは思わないし。

「……私は、これで」

それって、早々に立ち去れば心配することない話でしょ？

私は2人と倒れているスキンヘッドに背を向けると、背中に視線を感じながらもゆっくり歩き出した。

その時……。

「職員室は、そこの階段を上って左の突き当たりだ」

神代の声が響く。

「え？　あ、どうも」

私が職員室を探してたの、わかってたんだ。

なんだ、結構いい奴？

まぁケンカは感心しないけど。

っていうか、職員室が2階にあるなんて……。

面白い構造の学校だね。

まぁ、でもアイツらが私に嘘をついて得することはないんだし。

大丈夫か。

私は神代を信じて、急ぎ足で階段を上っていった。

騙(だま)してみる

【飛鳥side】

「で？」

七彩の姿が見えなくなったのを見計らって、千尋は俺に尋ねてきた。

「ん？」

けど、主語どころか述語もない。そんな『で？』だけでわかるわけねぇだろうが。

「いいの？　“嘘”教えちゃって」

あぁ……そのことか。

「いいんじゃね？」

俺の予想だけど、アイツらも七彩のこと気に入ると思うんだよな。

「……にしても、飛鳥って性格悪いよね」

千尋は俺を見てニヤつく。

俺の性格？

まぁ、そりゃよくはないわな。

「……おもしれぇじゃん？」

この学校では暗黙の了解になっている俺ら以外は入らないあの部屋に、アイツは入っちまうんだから……。

「だって俺らのこと、知らなそうだったし？」

そんなんつまんねぇだろ？

こんなにも大きい“暴走族”なのに……。

「あの気の強い女が、俺らに媚(こ)びたり、恐れたりしたらそれはそれで面白いのにな」

女なんて全部一緒だ。

媚びるか恐れるしか能がない。

「飛鳥、そんなこと言ってるけど、本当は期待してんじゃないの？　彼女が、そのへんにいる女と違うこと」

千尋は俺にまっすぐな視線を向けてくる。

俺はフッと笑うと、

「ど〜だかなぁ」

七彩の上った階段のほうへと足を向けた。

脱・一般人は無理

　階段を上り終えて左を向く……と、確かに突き当たりに部屋がある。
　いやいやいやいや……。
　ちょっと待てよ？
　よくよく考えよう。
　普通こんなところに職員室ってあるものなの？
　しかも窓がなくて部屋の様子は見えないし、そんなの生徒からしたらよくないよね？
「嘘つかれた……？」
　絶対そうだ。
　あんのクソ野郎……。
　私が怒りに震えていると、後ろから誰かの気配。
「……あ、まだ入ってなかったんだ」
　声がしたほうに顔を向ける。
　神代と優男の２人組……。
「……チッ」
　今、神代ってばチッって言ったよね？
　舌打ちされた？
　いやいや、したいのはこっちなんですけど!?
「……七彩ちゃん、さすがに入らないか……」
　優男もなんで残念がっているの？
　入るわけないよ!!

明らかに職員室じゃないもん!!

「……なんで嘘ついたの？」

私、なんかした……？

どちらかといえば被害者な気がするんだけど。

「面白そうだったから」

楽しげな口調の神代。

……これだからヤンキーは。

「私、職員室に行かないとなんですけど。このままだと転入初日から……」

キーンコーンカーンコーン。

遅刻しちゃう……そう続けようと思ったら、チャイムが鳴り響いた。

「え……」

これって……。

「あ、ごめんね。七彩ちゃん。遅刻させちゃった」

眉を下げて本当に申し訳なさそうに言う優男に対し、神代は目線すら合わせないの!?

「……ねぇちょっとあんた……」

説教してやろうかと思った。

けど、

「なに騒いでんの？」

職員室だと教えられていた部屋のドアが開き、中から人が出てきた。

ふと視線を上げると。

「う、わぁ……」

神代と優男に負けず劣らずのイケメン。

「だれだれ～？」

「は？　女？」

が、3人。

「飛鳥、コイツ誰」

失礼にも、その中の金髪の奴があくびをしながら神代に尋ねた。

誰って、こっちのセリフなんですけど……。

「コイツ、姫」

そして、そのまま意味のわからないことを返す。

姫？

は？

私、七彩だけど。

「「「「え……」」」」

わけのわからない私は首をかしげるけど、神代以外の4人は目を見開いた。

「え、もう1回言って……？」

冷静そうな優男でさえ、困惑しているように見える。

「だから、姫にする。コイツを」

ん？　ん？　ん？

「「「「はぁ!?」」」」

4人の声が揃った。

「待って、飛鳥正気!?　俺はうれしいけど」

「あぁ」

「……なんで、コイツ？」

「なんとなく」

「嘘だろ!!　飛鳥、なんの気の迷いだ!!」

「嘘じゃない」

　優男を除いた人が神代に詰め寄っているけど……。

　いったい何？

　そして全員の視線が一斉に私に向けられる……。

　じりじりと……。

　なんか居心地が悪いんですけど!!

「な、何よ」

　私の高く結わえてあるポニーテールが揺れる。

　だけど、そんな揺れすら許されないくらい動いちゃいけないような気がして。

　私が、手をぎゅっと握った時だった。

「とりあえず、ちょっと来い！」

　一番背の低い男の子に腕を引っ張られ、例の部屋に押し込まれた。

「ちょ……っ、何すん……」

　いきなり引っ張られた腕が痛いのなんの。

　だけどその先には……。

「何、ここ……」

　まるで、家のリビングみたいな光景が広がっていた。

　え、ここって。

「学校……だよね？」

「当たり前だろ。そんな瞬間移動ができるか！」

　うるさいチビ。

　本当はチビとか言っちゃダメだけど、私より少し高いだけで、本当にチビなんだもん。
「七彩ちゃん落ちついて、とりあえずここ座ってね～」
「えっと……」
　優男にさりげなくエスコートされながら、私はそばにあったソファに座った。
　なんなのこの５人組。
「七彩ちゃん、まず自己紹介するね」
　勝手にしててよ。
　気が向いたら聞いとくから。
「まず、僕は千尋ね。千尋って呼び捨てでいいよ。２年生だけどね」
　１つ上か……。
「で、このチビで赤髪が平太」
「はぁ!?　チビってなんだよ、チビって!!」
　あ、千尋と私、思っていること同じじゃん。
「で、コイツが直」
　あ、チャライ。
　ピアスの数がとても高校生とは思えないし、雰囲気も大人な感じがする……。
「で、この不機嫌丸出しが咲人」
「ったく、ふざけんなよ」
　あ……この人、絶対に女嫌いだ。
　私から一番距離を置いて、横目に睨みつけてくる。
「で」

千尋は最後に神代に体を向けた。
「もう名前はわかっていると思うけど、この黒髪が俺たちのトップ。神代飛鳥だよ。みんな飛鳥って呼んでる」
……ん？
「トップ……？」
ただのイツメンじゃないの？　あんたら。
「てめぇ、飛鳥を知らないとは言わせないからな!!」
うるさいチビ。あ、平太だっけ。
というか、
「知らないって、言っちゃダメなわけ？」
私は首をかしげる。
「あ～、やっぱ七彩ちゃん、知らないか。僕らのこと」
知りません。
転校といっても住んでいる家は変わらないしな～。
近所の有名人なら把握してるんだけど……。
隣の隣には俳優の人が住んでるとか……。
「俺らのこと、知りたい？」
直が意味深な顔を向けてくる。
なんかオーラが甘ったるいよね、直って。
「どうでもいいから、ここから出てもいい？」
私がそう言うと５人は目を見開いた。
あ、ううん。
飛鳥だけは、少し笑っているけど。
「興味ねぇってことかよ？」
そうそう、そういうこと。

　咲人、よくわかってるね。
「俺らに興味ないのかよ!?　女なのに!!」
　声のボリューム半分にしてよ、平太。
　女なのに……て。
　お前ら女ホイホイか。
「お前ら、コイツに教えとけ。姫のこととかも」
　はい、待った。
　飛鳥が言いだしっぺでしょうが。
　姫がなんだかわからないけど、さっき反対の声もあったじゃん。
「まあ仕方ないか。飛鳥の言うことは絶対……でしょ？」
　千尋がみんなをなだめるように言うけど、何、その絶対王政。
「……チッ、飛鳥が言うなら仕方ねぇな……」
　咲人は完璧ふてくされている。
「いいんじゃね？　俺、女の子いたほうが華があると思うんだけど」
「俺は飛鳥に従うぜ!!　なんてったって、俺たちのトップなんだからな!!」
　やっぱ、飛鳥ってすごいのかな？
　ていうか、私の“ここから出たい”は無視？
「私、出たいって言わなかったっけ？」
「ダメ。帰さない」
「私、興味ないの。とてつもなく」
「俺が残れって言ってるんだが？」

「もっと言うと、この場にいるのがイヤなんですけど!!」

神代……飛鳥とのやりとりにウンザリしてきた私は、強い口調になる。

つまり、関わりたくないんです。わかってください。

「おい、お前！」

その時、平太が怒ったような顔で私を睨んできた。

私、お前なんて名前じゃないし……。

「七彩」

「は？」

「私の名前、七彩っていうの。……お前、とか見下されてるみたいでイヤだから」

「……おい、七彩！」

あ、意外と素直なんだ。

「なに？　平太」

なんか面白くて少し微笑んで返す。

「……えっ」

ん？

なんで赤くなってんの。

「平太？」

「あ、ちょ、は？　七彩マジなんなの」

平太はなんか悩みはじめたけど……。

「あれ～、ついに平太くんにも春が来たのかな～？」

直が茶化していて、なんかかわいそうだな。

というか、平太は私に何を言おうとしたのかな……？

「七彩」

　そこで、飛鳥の声が響く。
「平太の代わりに言ってやるよ。お前、今ここ出たら死ぬぞ」
　……は？
「し、死ぬ？」
　なんで？　ここ戦場なの？　なんなの？
「ここの２階な、３年の教室が並んでんだわ」
　フッと笑う飛鳥。
　いやいや、だから何？
「俺らさ、ちょ～っとばかし人気なんだ」
　ん？
　人気？
　アイドル的な？
　そんな感じで？
「そんなこと、ありえるわけ？　毎朝、きゃ～きゃ～言われる、あのマンガみたいなことが起こってるわけ？」
　まぁ確かにこの５人、みんなイケメンだけど……。
「ありえる」
　そう断言する飛鳥に少しだけ……。
　うわぁ……。
　引いたのは秘密。
「で？　100歩譲ってそれがありうるとして、なんで私が死ぬの」
　私の言葉に飛鳥は「わかってねぇなぁ」と漏らすと、ソファから立ち上がって入り口のほうへ歩く。
「？」

なんだろうと見ていると、飛鳥が“ちょいちょい”と手招きしてきた。

……来いってこと？

私はソファから立ち上がると、飛鳥のそばへ近寄った。

「ドアに耳、つけてみろ」

え？

私は首をかしげながらドアに耳をつけると、廊下の声が聞こえてきた。

今はちょうどホームルーム後の休み時間みたい。

「ねぇ、ホームルーム前に飛鳥のこと見た？」

「見た見た！　千尋くんと一緒に!!」

「あ〜！　もうほんと素敵!!」

きゃいきゃい。

そんな感じの会話。

え、なんか気持ち悪い。

しかし飛鳥はご機嫌だ。

「いいこと教えてやるよ。この部屋って、俺たち５人以外は入っちゃいけないわけ」

「ん？」

私、バリバリ入ってますけど……？

「誰が決めたか知らねぇけど、暗黙の了解ってヤツだ」

そして次の瞬間、飛鳥は……ドンッ!!

ドアを思いきり蹴った。

いや、思いきりじゃないかもだけど。

それくらい、重い蹴り。

「ちょ、何やって……」
「黙れ」
　飛鳥に制されて、私は口をつぐむ。
　すると、部屋の外から再び話し声が聞こえてきた。
「ねぇ、今すごい音しなかった？」
「飛鳥たちのたまり場からだ！」
「あそこってどうなってるのかな？　入ってみたいよね」
「ちょ……！　無理でしょ！　あそこはあの５人以外入れないの……！　とくに女は」
「……そうね、女が入ることは許されない……。入ったら全校生徒からリンチくらうものね……」
「前に１回あったじゃん。無断で飛鳥ファンの女子がここに入って……」
「あぁ……退学した子……」
　……は？
　何それ。
　ここ、そんな神聖な場所なわけ？
　飛鳥を見ると、なんかドヤってますけど……。
　まぁ顔はイケメンだけどさ、ヤンキーじゃんか。
　私、ヤンキー嫌い。親不孝者だもん。
「わかったか？　お前は今出たら、死ぬぞ」
　なるほど。
　確かに、これは死ぬ。
　私は今、出られないのか。
「ってことで、ここを出られるまで俺らの話を聞けよ」

もう……。

「勝手にして……」

「じゃあ、僕らについて説明するね」

そう言って口を開いたのは、千尋。

まぁ説明されたところで正直関わりたくないんだけど。

説明だけ聞いて、ほっとけばいいか。

ここで逃げ出したらリンチくらうんでしょ？

だとしたら、さすがに逃げ出そうとは思わない。

「まずね、僕ら“輝夜”のメンバーなんだけど……。さすがにそれは知ってるよね？」

かぐや……？

「月に帰るの？」

「ふざけんなよ」

飛鳥の鋭い視線が飛んでくる。

いやいや、輝夜っていったらさ……やっぱり『かぐや姫』だよねぇ？

「輝夜は暴走族だよ、七彩ちゃん」

……は？

ちょっと待て？

「暴走族って……バイクに乗って旗を持ってる……」

「そうそう、イメージはそんな感じ」

……嘘でしょ。

飛鳥たち、ただのヤンキーじゃないの？

ヤンキーでさえイヤなのに。

暴走族、だなんて……。

「私、嫌いなんだけど。暴走族」
　私は飛鳥に視線を向けた。
　すっごく怖い顔をしている飛鳥。
　こっちの足が震え出すほどに。
「僕ら、正統派だよ？」
　千尋、私にはその意味がわからないんだけど。
「暴走族に正統とかあるわけないじゃん」
　バカじゃないの？
「……正統派じゃない奴は、クスリとか、犯罪に手を染める。俺らはしない」
　ほんとに……？
　ほんとにそう？
　関係ない人を巻き込んで、死なせても？
　お母さんの場合は、ただのヤンキーだった。
　そうだよ。
　ただのヤンキーのケンカに巻き込まれたんだ。
　じゃあ暴走族なんて、もっと危険な奴らじゃないか。
　けど、それはあくまで私の意見で、正統派の暴走族の実体なんてわからない。ただ、理解したくもない。
　だから、
「ま、いいや。続き、教えてよ」
　ここは早く終わらせることが先決。
「で、暴走族には役職があってね？　その中でトップなのが総長なんだけど、それが、飛鳥」
　あ～、なるほど。

会社でいう社長ね、了解。
「で、その次の副総長が、僕」
あれ、千尋も上のほうでしたか。
「で、その次が、幹部の直、咲人、平太。この5人が中心になって作られている暴走族が、"輝夜"だよ」
「つまり、あなたたち5人はお偉いさんなわけ」
「そういうことだ」
飛鳥が満足そうな口調で言う。
「……で？」
「は？」
いや、『は？』って……。
「で？　って聞いたの。だから私に何をしてほしいの？　何を望んでるの？　何かあるからここに連れ込んで説明してるんじゃないの？」
じゃなきゃ、飛鳥たちにとって神聖？　な場所であるここに入れないでしょ？
「……なるほど。これが飛鳥の気に入る女か」
咲人が納得したように言うけど、意味がわからない。
「まぁ、ぜぇぇぇぇったいに関わらないけど！　てか、話は終わったの？　なら帰して!!」
よりによって、なんで嫌いなヤンキーと関わらなきゃいけないの。
お母さんはヤンキーのせいで死んだのに……。
「七彩ちゃん、続き説明していい？」
……はぁ、もう勝手にすれば。

たぶん私がイヤって言っても無駄だろうし、外に出たらリンチだし、どうすることもできない。
私が何も言わないのを“肯定”と受け取ったのか、千尋は口角を上げた。
「じゃあ続きを説明するね？」
……にこやかに言っているけど、どうせ計算のうちだと思っているんでしょ。
「さっき七彩ちゃん、自分にどうしてほしいかって聞いたよね？」
私は頷く。
「率直に言うと、僕たちと……」
「つまり輝夜に入れ……ということだ」
千尋の声を遮って、飛鳥が上から言葉を被せる。
……て、は？
「……何、言ってんの？」
輝夜に入れ？
は？
は？
は？
「私にもついに空耳が……」
「ちげぇよ!!」
赤髪を揺らしながら私に食ってかかる平太。
「俺だって、飛鳥からの提案じゃなきゃお前を入れることに納得してねぇよ。けどどうしてもって言うなら……」
「言ってないよ！　むしろイヤだよ、お断りだよ、平太の頭は何でできてるわけ!?」
　何をどう聞いてたら、私がどうしても暴走族なんかに入りたいとかなるわけ!?
「お前のことじゃねぇよ！　飛鳥がどうしてもって言うならって話だよ、勘違いしてやんの！　バーカバーカ、バカ七彩！」
　はぁ!?
　何、コイツ！
　平太のくせに!!
「うっせぇよ。女がキィキィ騒ぐな。目障り、消えろ」
　お前のほうがうっさいわ咲人!!
「はぁ……」
　で、なんの話だっけ。
　輝夜に入れ……だっけ。
「お前に拒否権ねぇから」
　何それ!?
　ってか何様なわけ!?
「飛鳥様」
　ムカムカぁ！
　自分で言わないでしょ!?
　ていうか……。
「なんで私が考えてること……」
「お前単純なんだよ。つまり、天然と書いてバカと読む。そんなイメージだ」
「はぁ!?　単純でも天然でもバカでもないですけど？　私、

特待生ですけど？」

そう、私は母親が死んで、お金が本当に足りなくなって転校してきたのだ。

学費免除の特待生として受け入れてくれるところに。

だから私はバカではない!!

「勉強ができる、できないの話じゃねぇよ。性格の話をしてんだよ。お前、バカだろ」

「はぁ？　だからバカじゃないって言ってるの」

「学力とそういうのは比例しねぇんだよ。お前、すぐ騙されそうだし」

「バカバカって、失礼すぎる！　とにかく、私は暴走族なんかに入らないからね！」

「拒否権ねぇっつったろ」

「あるよ!!　てか、なんで女の私が入らなきゃいけないわけ？　私、ケンカなんてできないけど！」

私が言うと、へ？　みたいな顔で見られる。

な、何？

その瞬間、バシンッと背中を勢いよく叩かれた。

「いたっ」

そしたら次は、

「ぐえっ」

頭を思いっきり上から押しつけられ、グリグリと撫でられる。

「何すんの、平太！　直！」

「いやいや、だってさ？　姫なのに戦うって……」

今度は笑って私の髪をわしゃわしゃしてくる直……って、おい!!

髪ぐちゃぐちゃになるし！

ヤンキーなんぞに馴れ馴れしくされたくないんだけど！

「千尋……さっさと説明してやれ」

「いやいや、したくても、飛鳥が七彩ちゃんとじゃれはじめたからでしょ？」

千尋は、はぁ～っとため息をつくと私にまた向く。

「あのね、七彩ちゃんには姫になってほしいんだけど」

「姫ぇ？」

何その残念なまでに私に合わない存在は。

「確かにお前は姫じゃねぇな……。ゴリラとか」

「え、なんか言った？　飛鳥」

「言った。ゴリラって言った」

「はぁ!?」

ありえない!!

人のことゴリラとか!!

健全な女子高生に言う言葉じゃないよ？

「飛鳥、話そらさないで」

千尋からのストップのおかげで、私への暴言はやんだ。

「姫について説明するね？」

説明されても暴走族には入らないよ？

「姫の役割を聞いたとたんに、入るとか言い出すんじゃね？女ってそんなもんだし」

咲人は、私を睨みながら言う。

「何、私にケンカ売ってんの？」
　私、咲人になんかしたっけ？
「別に。たいしてかわいくもないのに、なんでそんな上から目線なわけ？」
　顔は関係なくない!?
　てか、上から目線なのはそっちもでしょ!!
「ん〜、まぁ確かに俺が遊んでた子たちと比べると見劣りするなぁ……。顔面偏差値は、60ってところ？」
　別にいいけど!!
　そんな軽い人たちと一緒にされないだけマシ。
　しかも顔面偏差値って何。
　60って高いって捉えることもできるけど。
　直が遊んでいた人たちって、相当かわいい子ばかりだろうし……。
　けど、顔面に偏差値をつけられるとか屈辱なんだけど。
「お前、そんなんで姫になりたい、とか。ありえないんだけど」
　咲人も話を聞いてないな!!
　私、ひと言もそんなこと言ってないんですけど!?
「とりあえず、総長命令みたいだから。ちゃっちゃと姫の説明しちゃうよ」
　ウンザリ口調の千尋。
　……あ〜もう。
「姫っていうのはね、言葉どおり僕らのお姫様なわけ」
　お……、

「お姫様ぁ？」

あ、すごくマヌケな声が出た。

いやいや、だって暴走族の口から『お姫様』って単語が出るとは思わなくて。

「そう。お姫様。お姫様の役割は、２つ。１つは、僕らに守られること。２つは、僕らの活力になること」

もはや役割じゃないんじゃ……？

だってそうでしょ。

守られる、とか。

こっちの意思は関係ないし。

活力になる、なんて。

そんなん個人それぞれの問題でしょ。

「お姫様は、本当に大事な役割なんだよ。……ま、この２つの役割を果たすために、先代の総長たちは、みんな自分の彼女を姫にしてたみたいだけど」

自分の彼女だったら守りたいとも思うし、それと同時に活力にもなるってことか……。

ん？　それなら……。

「私、まったく関係ないよね？」

飛鳥の彼女どころか知り合ったばかりだし。

別にこの人たちがどうなろうと構わないってくらい、執着ないよ。

たぶん、それはそっちも同じ。

「飛鳥の彼女になれるって言っても、姫になりたくない？」

……は？

「……ふざけてる？」

「ふざけてないよ」

　絶対ふざけてるでしょ？

　何？　飛鳥の彼女って。

「そんなの、頼まれたってなりたくないよ！」

　これだから、自分がイケメンとか思っている奴はダメなんだって……。

　将来が不安だよ、大丈夫？

「……拒否権ねぇから」

　そのセリフ何回言うの!!

　最近の少女マンガとかに出てくる壁ドンとか、拒否権ねぇからとか、お前は俺のもんだとか。

　犯罪だからね!?

「私は、暴走族とは関わらない。そもそもなんでこんなことになったんだか……」

　ほんと、ヤンキーとか不真面目な人が大嫌いなのに暴走族に入るなんて!!

　ありえない!!

「仕方ないよ、諦めて、七彩ちゃん。総長の言うことは絶対なんだから」

「それはキミたちのルールでしょ？」

　私、本当に関係ないし。

　そもそもなんで私なの。

「俺らに、きゃ～きゃ～言わないから」

　飛鳥がそう言うと、そうだそうだと言うかのように、みんな愚痴(ぐち)りはじめた。
「だって俺らが暴走族だからってきゃ～きゃ～言うんだぜ？　めんどくせぇよ!!」
「ん～、女の子は好きだけど、くっつかれてうるさいのはイヤかなぁ～？」
「女、うざいし」
　それぞれの意見があるみたいだけど。
「結局、俺らの地位と顔しか見てねぇじゃん。でも七彩は違う」
　飛鳥がまとめるように言いきると、みんな頷く。
　千尋だけは、苦笑いしているけど。
　私はその場に固まる。
　私は違うって。
　そんなの、今日会ったばかりでわからないじゃん。
「バカじゃないの？」
　私がそう言って睨みつけると、飛鳥たちは目を見開く。
　だってそうでしょ？　バカでしょ。
「どういう意味だ、七彩」
　飛鳥がめっちゃ睨んでくる。
　殺気っていうか、禍々(まがまが)しいオーラが伝わってくる。
「そのまんまの意味」
　だから、バカだって言ってるの。
「地位とか、顔とか。そういう理由で好きになられるのがイヤって、自分たちで暴走族を否定してない？」
　わかっていたはずでしょ。

　暴走族になることが、どんなことかって。
「怖がられるのもイヤ。好かれるのもイヤ。そんな偏見を持たれたくないとか、なんか正論っぽく言ってるけど、それ、全部言い訳だから」
「黙ってればお前、好き放題言いやがって……」
「うるさい、咲人。今は、聞こうよ。七彩ちゃんの話」
　千尋がなだめると、咲人はチッと舌打ちをしてテーブルの上に座った。
「私は暴走族のことは知らないけど、今幹部ってことは、どうせ下っ端時代があったんだから知ってるでしょう。幹部になると、どんな扱いを受けるかってことくらい」
　ほんと、これだから被害妄想ばっかりのヤンキーはイヤ。
「すべてを覚悟で暴走族やってるんでしょ!?　イヤならやめちゃえばいいじゃない……!!」
　シーン……。
　そう、そんな表現がまさにぴったりな静けさ。
　……って、やっちまった。
「あ、えっと……まあ、そういうことだからさ……」
　ってか、なんで私……説教してんだ!?
「とにかく、姫には……」
「いいんじゃね？」
　姫にはならない。そう言おうとしたのを遮ったのは、咲人だった。
「コイツ、姫でいいんじゃね？」
　咲人が私を見てフッと微笑む。

いや、微笑んでなんかいない。

皮肉を込めた、笑い方だ。

「いや、私は……」

「咲人もいいって言うなんて、これから先、絶対ないよな!! やっぱり、お前で決まりだな!!」

咲人に続いて、平太まで私を遮る。

「いや、だから私は……」

「決定だな」

……またしても、私の言葉を遮る飛鳥。

けど本当に、暴走族なんかの仲間になるほど落ちぶれてはいないの。

「絶対ならないから」

ここにいるのも、私がこれからバイト三昧(ざんまい)な毎日になっちゃうのも、全部全部……。

ヤンキーのせいなんだから。

「はぁ……もう諦めようよ、さすがに無理な勧誘は七彩ちゃんに迷惑だからさ」

大人な千尋。

そうだそうだ!! 迷惑極まりない!!

「チッ……」

今、飛鳥から舌打ちが聞こえたし……。

ほんと不良って好きだよねぇ……。

舌打ちとか、手をボキボキ鳴らして威圧するの。

「千尋!! なんで七彩側(がわ)につくんだよ!? 総長の飛鳥が言ってることだし、無理な勧誘じゃなくて、無駄な抵抗をさせないことが大事なんじゃねぇの!?」

おい平太。

なんて物騒なことを言っているんだ？

しかも、無駄な抵抗って……。

キミたちの嫌いそうな警察の決まり文句じゃん……。

「いいんだよ、女の子には優しくね？」

え、本当に千尋がいい人に見えてきた。

ヤンキーなのに。

「そのかわり、まぁ……友達程度にはなってくれるかな？」

そう言って首をかしげるから、

「まぁ友達なら……」

そう答えてしまった。

その瞬間、千尋がわずかにだけど、ニヤッと微笑んだ気がした。

……とても妖(あや)しく。

「な、何……？」

「七彩ちゃん、友達からの恋人っていうのがアリなように、友達からの姫もアリだよね？」

はい!?

諦めたんじゃないの!?

「七彩チャ～ン、本当に断らないほうがいいよ？　俺たちの姫になれるなんて、こんな栄誉なことはないよ？」

直が私にそう言ってくるけど、そんなの無視。

だってそうでしょ？

暴走族にも姫にも、なんの価値も見出せないから、返事のしようがない。

っていうか……。

「ぶっちゃけ、輝夜っていう暴走族の、何がすごいのかわからないんだよね」

めっちゃケンカ強いとか？

じつはメンバーの親が大金持ちで、何かしたら相手の親の首が飛ぶとか……？

「全国、何番目に強いとか！」

一時期ハマッていたケータイ小説で読んだことがある。

全国ナンバー１暴走族のう～たらこ～たらっていう。

……そこまで考えて、ハッと我に返った。

暴走族について考えすぎた。

その時、

「プッ……」

誰かの明らかな笑い声。

ふと見ると……。

「アハハハハハッ‼　クククククッ‼　全国って……‼　クソ……ッ」

「七彩っ‼　お前、めっちゃ乙女だな‼」

飛鳥と平太が大笑い。

千尋はため息をついているし、直はなぜか微笑ましそうにこっちを見てるし、咲人は睨みつけている。

え、なんか変なこと言った？

っていうか、飛鳥ってこんなガッツリ笑うんだ……ブスッとしてばかりだったから意外。

「お～お～？　七彩、お前って本当に面白いな!!」
　平太に頭をグリグリされるけど……。
　まったく褒められている気がしないや。
「七彩ちゃん、暴走族ってなんやかんやでチーム同士で抗争とかしないからね？」
　……はい!?　千尋の言葉に、愕然(がくぜん)とする。
「そ、そうなの……？」
「世間が美化しすぎなんだよ。闘う男がカッコいいっていう妄想だろ。キモッ」
　咲人が毒を吐く。
　へぇ、でもびっくりだ。
　抗争しないんだ。
「まぁゼロじゃないけどね？　どちらかというと、学校対抗のほうが多いかなぁ～」
　学校対抗!?
　それって、学校全体で闘うってこと？
　巻き込まれるじゃん、一般生徒!!
「この学校に入った時点で、もれなく一般人じゃなくなるんだよ」
　んなわけあるか!!
　じゃあ何!?
　私は、もう一般人じゃないっていうの？
「当たり前だろ、お前は輝夜の姫だから」
「だから、ならないって言ってるでしょうが!!」
　もうっ!!

　私だって忙しいんだからね。
　これからバイトして、生活費を稼がなくてはならない。
「私は、普通の高校生なの!!」
「さすがにそれは知ってるぞ」
　え、なに言ってるの平太。
　さっきあんたんとこの総長が、私のことを一般人じゃないって言ったの!!
「うるせぇよ。お前が一般人だろ～とそうじゃなかろうと俺たちは知ったこっちゃないね」
　咲人……。
　……って!!　あんたも了承したでしょうが!!
　あのまま咲人が姫はいらないって言ってくれていれば、私は今ごろ新しいクラスに向かえていただろう。
「とにかく！　授業がはじまって人がいなくなったし、ここから出ても大丈夫そうだから失礼するね!!」
　ここにいたら、脅されて姫にされそう。
　私は立ち上がると、ドアに向かって歩く。
「じゃあまた会おうね、七彩ちゃん」
　千尋がそう言うと、
「七彩まったな～!!」
　平太が手を振る。
「七彩チャンなら、いつでも歓迎だよ？」
　直はチャラチャラしているけど、
「あんまり来んじゃねぇぞ」
　なんだかんだで、二度と来るなって言わない咲人。

「いつでも来い、七彩」
　そして自信家なのか俺様なのか総長だからなのか、上から目線で微笑む飛鳥。
　正直、“また”はあるかわからないけど、でも……。
「ばいばい」
　まぁそこらへんのヤンキーよりは、いいんじゃない。
　なんて、素直になれない私がいた。

「はぁぁぁぁあ」
　思いきりため息をついた。
　あれから無事、誰にも見られずあの部屋を出たはいいんだけど、やっぱり職員室が見つからず。
　というか、嘘を教えられたから、誰にも聞く勇気が出なかったっていうか……。
　まぁそんなこんなで20分も歩きまわってやっと見つけた職員室では、転校早々遅刻したのにもかかわらず、なぜか何も言われなかった。
　私は次の授業の冒頭で、クラスメートに紹介されることになった。
　こんな中途半端な時間から教室に行くなら、明日がよかったな～、なんて思ってみたり。
　そんなことしたら、無断欠席だけどね。
　今、私の目の前にいるのは富田(とみた)先生。男の先生だ。
「お前のクラス。1年C組な」
「あ、はい」

「担任、俺な」
「よろしくお願いします」
　この人が担任なんだぁ……。
　ふと顔を見る。
　う〜ん、20代後半くらい？
　若いのかな？　そう見えるだけ？
　ぶっちゃけ、なよなよしく見える。
　ほら、さっきヤンキーとかイカつい人を見たからさぁ、普通の人すぎて弱く見える。

　そうこう思っているうちに教室の前についた。
　うわ……っ、壁が汚い……。
　でもよかった。
　先生までイカつかったら、学校に行くのを躊躇する日があるよ、きっと……。
　と、思っていたその時、
「おめぇら静かにしろ!!」
　バンッというドアを勢いよく開ける音とともに聞こえたのは……怒鳴り声。
　って、
「……えっ？」
　え？　え？　今、怒鳴ったのってまさか……。
「悪いな、倉木。コイツらうるさくて……」
　先生なの!?
　しかも、ヒソヒソと聞こえるのは……。

「やっぱこえぇな、トミー」
「だってトミーあれだろ？　元暴走族のトップだろ？」
「えっ、俺、富田組の次期組長って聞いたぜ？」
「噂によれば、百人斬りして全員病院送りにしたとか……」
　は？
　え？
　富田先生って何者なの!?
　トミーっていうかわいいあだ名と噂に、ギャップがありすぎるでしょ……。
「あ、倉木。あれほとんど嘘だから気にすんなよ」
　ほとんど……？
　全部が嘘ではないということ……？
　気にするよ……。
　イカついヤンキーに恐れられているなんて!!
　な、なんで先生までヤンキーなの……この学校。
　ヤンキー、大嫌いなのに……。

　ショックを受けながらも、教室に入る。
　入った瞬間、私の顔が引きつった。
「……えっ、嘘でしょ」
　そこに黒髪なんてかわいい生徒はいなくて、金髪やら赤やら青やら紫やら……。
　しかも髪の色が変なことに加えて、
「ぁん？　転校生？」
　イカついっ!!

ピアスもたくさん、ついてるし!!

痛くないの!?

なんなの!?

お、女の子は……いるよね？

ところが……。

「え～？　転校生？　うわっ、地味子ジャ～ン」

「ウケる～、今時黒髪とか何狙い？　純情路線？」

こここここ、怖すぎ!!

金髪でグルグルに巻かれている髪の毛。

バサバサと音を立てそうな、まつ毛。

魔女のような付け爪。

これは……。

さすが不良校……。

「えっと……倉木七彩です。泉野(いずみの)高校から来ました。よろしくお願いしま……」

「はぁ!?　泉野!?」

誰だよ！　私の自己紹介を遮ったの!!

「すげぇ!!　七彩そんな頭よかったの!?」

「は？」

え、今『七彩』って呼ばれたし、声に聞き覚えが……。

「だよなぁ、お前みたいな奴は、ぜってぇ頭がいいって決まってるんだよなぁ」

そこには、うんうんと頷く、

「へ、平太……」

平太がいた。

「なぁ、泉野ってそんな頭いいのかよ？」

誰かがポツリと言った。

転入してきた立場で言うのもなんだけど、偏差値も全国トップクラスで、かなり有名だと思ってたよ？

「さすがてっちゃーん、バカはバカ校しか知らねぇもんなぁ！」

平太はニヤニヤァっと返した。

って、ちょっと！

今のは、『てっちゃん』と呼ばれている人に対して失礼すぎないか!!

「はぁ〜？　平太だってバカじゃねえか。なんで知ってんだよ」

「俺、頭いいからな！」

うわぁ、嘘っぽい。

絶対に嘘だ。信じない。

というか……なんか意外だなぁ。

さっきの飛鳥の話とか、そのファンたちの話を聞くと、飛鳥たち“輝夜”という暴走族が、学校を仕切っているのかと思っていたから。

幹部である平太のことを、みんな持ち上げているのかと思っていた。

けど、なんか……。

普通の友達って、感じだなぁ。

「あ〜、2人は知り合いなのか？　じゃあ倉木の席はアイツの隣な」

ぎゃっ！

平太の隣～？

暴走族と、しかもその幹部と隣なんてイヤだなぁって思ったけど……。

知らないヤンキーよりマシか……。

イカつい人も多いしね、接しやすい平太の隣のほうが何かと安心かもしれない。

「え～、平太の隣なのぉ？　あの子」

「サイアク～。輝夜に近づくなよ」

うわぁ、このクラスにも輝夜のファンがいるのかぁ、面倒くさい……。

そんなこと思いながら、平太の隣の空席に座った。

「……よろしく」

「おう!!　よろしくな、七彩!!」

平太の笑顔にホッとしながら……。

学校生活、頑張ろうっと!!

そう意気込んだ私だった。

第２章

アルバイトデビュー

　意気込んだものの……。
「嘘でしょ……」
　転入から２週間がたち、今のところは問題ナシ。
　輝夜とも、平太を除いて関わっていない。
　というか、見てすらいない。
　平太いわく、
「アイツら、たまり場に籠（こも）ってるんだよ」
　らしい。
「七彩が面白いから、俺は教室に来てるけどな！」
　ま、どうでもいいけど。
　てか、籠っているとかニートかよ。
　いや、一応学生だけどさ。
　そんなこんなで、輝夜のことは気にしていない。
　というか、もう関わらないんじゃと思っているくらい。
　あの日だけだと思っている。
　そう！　今、大変なのは輝夜のことじゃない。

「何これ……」
　私が呆然（ぼうぜん）と見ているのは、
「うわ！　七彩さすが!!　50点じゃん！　満点じゃん！　すげぇ!!　俺、初めて見た！」
　小テストなんだけど……。

「ねぇ、平均点……」

黒板には、【平均点11点】との文字。

低くない!?

今回のテスト、恐ろしいほど簡単だったよ!?

中学1、2年レベル!!

「平均点がどうかしたのか!?」

平太が、私の言葉と目線で何か違和感に気づいたらしい。

「うわ!!　マジか！　ヤバイな、この平均点!!」

だよね!?　おかしいよね、この平均点!!

「2桁だぞ!?　すげえ！　おい、みんな!!」

……は？

2桁？　そりゃ、そうでしょ……。

え、え、え？

「マジだ!!　平太、俺ら天才じゃね？」

「2桁とか初めて見たわぁ!!　あ、俺、平均より下だ」

「俺もだ」

嘘……。

「待って!!　平太、いつも……」

聞くのが怖すぎる。

自分の高校だと思いたくない……。

「いつも、何点くらいなの？」

「いつも？　いつも9点くらいなんだよ!!　いつもギリギリ2桁いかねぇの!!　なのに!!　今回!!」

いや、平太……。

目をキラキラさせないで。

「絶対、七彩のおかげだよな!!」

いや、それはどうか……。

まぁ、確実に平均を上げられたと思うけど……。

「ちなみに平太は何点……?」

「俺? 俺、4点!!」

うわぁ、聞きたくなかった。

「俺、これでも輝夜の幹部の中じゃ、4番目に頭いいんだぜ!?」

「それ、ビリから2番目じゃん」

さらに下がいることを考えたくない……。

「はぁ……」

小テストといい、もうなんか……。

この学校、大丈夫かな?

気づけば放課後。

お母さんが生きていたころから住んでいるアパートの家賃は、お母さん方の遠い親戚が払ってくれていて、生活費も少しだけもらっている。

だけど、これ以上の負担はかけられないし生活費だけでも自分で稼ぎたいから、アルバイトを探さないといけない。

ということで、向かったのは駅前の繁華街。

時間帯によって治安が悪いけど、繁華街ならアルバイトの募集も多そうだし時給も高めだから。

もしかすると、高校生でも夜遅くまで働かせてくれるかもしれないし……。

　高校生は夜の10時以降は働いたらダメだし、労働時間も定められている。

　でも、なるべく長い時間働きたかった。

　面接の数も多ければ、その中には事情をわかってくれる人もいるかもしれない。

　そんな思いもあった……。

　繁華街に足を運んだのは、久しぶりだった。

　とりあえず、狙っているのはカフェや居酒屋のキッチンかホールスタッフで、食費の節約のためにも、賄(まかな)いがあるところが希望。

　アルコールを扱う店なら酔った客も来るだろうけど、お金のためなら仕方がない。

　そう思いながら、気になる店をまわりはじめたのだった。

「もう真っ暗だぁ」

　いくつかの面接を終えて外に出ると、すっかり夜になっていた。夜から営業のお店もオープンしはじめ、人通りはさっきよりも増えている。

　面接の手ごたえはよく、『明日から来てください』というお店はいくつかあった。

　だけど、やはり高校生ということで条件の厳しいところが多くて、思いきり稼ぎたい……という私にとっては、どこも微妙だった。

「はぁ～……」

　思わずため息が出る。

その時、
「お嬢ちゃん、お金が欲しいの？」
手をガッと掴まれた。
思わず、手を引っ込めようとしながら振り返る。
そこには、早くもお酒に酔った、おじさんがいた。
「な、なんですか……」
なんか気持ち悪い……。
「おじちゃんとこで働かない？　1日6万払うよ」
は？　何その怪しいアルバイト。
自意識過剰かもしれないけど……このおじさんって、もしかして……。
「今夜あたりどうだい？」
やっぱり!!
そういうヤツか!!
「遠慮します!!!」
そんなまでしてお金いらないし！
「そんなこと言わずにさぁ」
イヤだって言っているのに、グイグイ引っ張られる腕。
痛い……っ。
必死に全身で抵抗するけど、ズルズルと引きずられる。
まわりの人も、見て見ぬふり。
もうっ！　ほんとムカつく!!
気持ち悪い!!
誰か……っ。
「あら～？　私の娘に何か用ですか？」

　その時、女の人の声が後ろから聞こえた。
　振り返ると、30歳前後のお姉さん。
　今、『私の娘』って言われた……？
　そんなことより、
「うわぁ……美人」
　超キレイな人で、思わず声を上げてしまった。
　真っ黒の髪は丁寧に巻かれ、細身のパンツスーツがとてもよく似合っていた。
「その手、離してくれますか？」
　お姉さんが、おじさんを睨みつける。
　美人のひと睨みは怖すぎて……。
　私まで震えてきた。
「あ、いや……」
　それは、おじさんも同じだったみたいで。
「……警察、呼びますよ」
　とどめをさされたおじさんは、私を突き飛ばすと走って逃げていった。
「大丈夫？」
　突き飛ばされて尻餅（しりもち）をついた私に、お姉さんが手を差し出す。
「あ、すみません……」
　おずおずとその手を取る。
「や〜ねぇ、そういう時は、ありがとう、でしょう？」
　ふわっと微笑んだ、お姉さん。
「あ、ありがとうございます……」

照れ臭くて、思わず視線を落とした。

だってだってだって!!

ほんと美人なんだもん。

「あらぁ！　かわいい!!　ねぇあなた、バイト探してるんでしょ？　私のところに来ない？」

えっ、お姉さんのところ……？

っていうか、なんでわかったの……。

バイトを探してるって。

「あなたの手に、たくさんの求人のビラがあるし、誰だってわかるわよ！」

そっか……。じゃあ、話だけでも聞いてみよっかな。

「あの、仕事内容や条件のこと、詳しく教えてもらってもいいですか？」

私がそう言うと、お姉さんは満面の笑みを浮かべた。

「じゃ～ん!!　ここよ!!」

連れてこられたのは、

「わぁ……!!　素敵ですね！」

落ちついた雰囲気のカフェ。

「さっそく中で話しましょう？」

店内もレトロな感じで、私の気持ちを一気に和やかにさせた。

一番奥のテーブルのイスに腰かける。

「まず、名前と年齢を聞いてもいいかしら？」

テーブルに両頬杖をついて、顎をのせるお姉さん。ここまでかわいいのか……。
「倉木七彩、16歳です」
「七彩ちゃん！　かわいい名前ね？　私は涼子よ。よろしくね」
　涼子さんかぁ、なんか名前まで美人だなぁ、なんて思ってみたり。
「それで、七彩ちゃん。なんでバイトを探しているのか聞いてもいい？」
　私は、母親がつい先日亡くなったこと、遠い親戚にお世話になっていること、生活費を稼ぎたいことを話した。
「それは……大変だったわね」
　涼子さんの目にうっすら見える雫。
　私のために、泣いてくれたのかなぁ……。
　初めて会った人なのに、本当に、本当に素敵な人だなぁ。
「ねぇ……高校ってもしかして、東ヶ丘？」
「そ、そうです！　転校したばかりですけど……」
　すごい！　なんでわかったんだろ？
「ほら、このへんって頭いい学校が多いじゃない？　特待生になるために転校したって言ってたし。このへんでバカで一番近いのは東ヶ丘だからね～」
　そう言ってパチンとウインクする涼子さん。とても美人で素敵だけど結構バッサリ切るんだね……。
「東ヶ丘高校かぁ……。あっ‼　七彩ちゃん！　いいこと思いついたわ！」
　テーブルをバンッと叩いて、いきなり立ち上がった涼子さん。
　そして、ずいっと私に顔を近づけた。
「えっと……」
　あまりの気迫に押される私。
　けど、次に涼子さんから出てきた言葉は……。
「住み込みで、バイトすればいいのよ！」
「えぇぇえええええ!?」
　私を驚かせるには十分な言葉だった。
「家賃払わなくていいし！　ちょっと遅くまで働いても、家にいるってことだから安全でしょ？　親戚の方には、私からも電話するし」
　まぁ……。そう言われると……そうかも？
「家事を手伝ってくれたら、朝昼夜ご飯つけちゃいま〜す!!」
　私の顔の前にピースを作る涼子さん。
　え？　そんな簡単でいいの!?
「七彩ちゃんは、家事の手伝いとバイトで大変かもしれないけど……。ほら、ここから東ヶ丘高校は近いし！」
　確かに……通学もラク。
　しかもこんな優しい涼子さんの元で働けるなんて、うれしい。
「い、いいんですか？」
　そんな好条件……。
「いいわよ〜！　３階が１部屋余ってるの！　自由に使ってね〜！」
　すごい……。

さっきはカフェばかりに気を取られてたけど、この店は３階建てで、１階がカフェ、２階と３階が住居になっているようだ。

「あ、あの……本当に？　旦那さんとかいないんですか？」

言ってから思った。

まだ結婚してないとか……でも、こんな美人だし……。

「単身赴任で海外だから気にしないでね～」

あ、そ～なんだ。よかった。

まだ涼子さんは若いし、新婚生活の邪魔になったらあれだな～って思っちゃってた。

「あ、でも」

涼子さんは何か思い出したように言った。

「息子いるけど、大丈夫？　男嫌いとか、そんなことはない？」

息子さんいるのか～！

いくつくらいなんだろ？　かわいいんだろうなぁ。

「そんなことないです！　大丈夫です！」

「よかった～！　じゃあ今の家を解約しないとね！」

涼子さんは、ホッとしたように微笑んだ。

そして、その日は涼子さんに不動産屋への手続きの説明をしてもらって、これからの仕事も少し教えてもらった。

親戚にも電話を入れてもらう。

私はその日は家に帰り、明日はちょうど休日なので、不動産屋に行く予定を立てて眠りについた。

居候がやってきた

【飛鳥side】

　家に帰ると……。

「ふふふんふんふん♪　おかえり、飛鳥～」

　母さんの様子が変だった。

「なぁ……頭ついにイカれた？」

　能天気な母親だしな……。

「あらっ、そんなこと言うなんて。母親をなんだと思ってるの～？」

　そんなセリフを吐いてるけど、ご機嫌な母さん。

「マジでどうしたんだよ……」

　わりといつもテンション高くて、おバカなところがある母さんだけど、さすがに……。

「部屋もキレイすぎだろ……」

　ご機嫌のまま掃除をはじめたらしく、1階から3階まで、ピカピカ。

「ふふふんふんふん♪　教えてほしい～？」

　これは、聞けっていう振りだな。

「まぁ……聞いてやらなくもない」

　プイッとそっぽを向く。

「あのね、あのね、……あっ、でも言ったらつまらないか」

「は？」

　もう聞く気満々だったんだけど。

そこまで言ったなら話せよ。
気になるだろ。
「言ってもいいけど、怒らないでね～？」
俺が怒るような内容なのかよ……。
いや、それで母さんがご機嫌はなくね？
「わかったよ……で、何？」
「わが息子ながら素っ気ない!!　まあ仕方ないから教えてあげる。あのね……。娘が、できたのよ～!!」
母さんは「きゃ～っ！」と言いながら手足をジタバタさせている……。
って、どういうこと？
思わずうつむいて考える。
「待て……。娘、だと？　父さんは海外にいるのに……。まさか!?」
ハッとして顔を上げた。
瞬間、
「バッカやろ～!!」
パチンと音を響かせ、母さんのビンタ。
「そういう意味じゃないわよ!!　私のパパへの愛をナメないでくれる？」
いや、いてぇよ……。
てか、そういう意味じゃないって……。
だったら誤解するような言い方するなよ!!

「……なるほどねぇ～」

「ねっ!?　娘ができたで合ってるでしょ～」
　母さんから一部始終を聞いたところ。
　だから、あんなにご機嫌で、娘ができたなんて喜んでいたのか。
　まぁ確かに一緒に住むわけだから、家族といえば家族になるんだが……。
「マジで女が来るの？」
　女が嫌いとか、別にそういうことはないけどさ。
　学校が不良校だからか、ケバくてハデな女しか思いつかなくて、ちょっとイヤだなって思ってしまう。
　清楚な女子高生なんて、ずいぶんと見ていない。
　はぁ～とため息をつくと、母さんに睨まれる。
「何よ、イヤなの？」
　明らかに不機嫌そうだ……。
「別にイヤじゃねぇけど、なんか気が進まないっていうかさぁ……」
　つまり俺は、歓迎してはいないってことだ。
「はぁ～、けどもう決まったことだし、仲よくしなさいね？　それに、私だって念願の娘なんだから!!　別にいいでしょう？　無愛想な息子だけなんてイヤだもの～」
「はぁ？」
　無愛想な息子って……。
　ひどい言われようだな。
「ほんと最近の子はわからないわね～。無愛想でカッコいいとか。笑顔の絶えない人のほうがカッコいいと思うわ～」

しかも、あっさり息子を否定しやがって。

「とりあえず、明日から来るみたいだから。部屋の掃除しといてね～」

「は？　さっきしてたじゃん」

「さすがに飛鳥の部屋は掃除してないわよ」

はぁ……。

めんどくせぇ。

けど、やるしかないか。

まともな奴が来ますように、と俺は１回手を合わせてから、部屋の掃除をはじめた。

衝撃の居候デビュー

朝からドタバタしてしまった。

なんとか引っ越し準備を終える。

持ち物はほとんどない。

もともと狭いアパートだったし、引っ越し業者に頼むまでもない。

なんやかんややっているうちに、もう夕方。

「そろそろ行こうかな〜」

涼子さんとの約束の時間まであと少し。

今から行けば、ちょうど約束の時間につくかな？

「これから……頑張ろう」

私はそう呟いて段ボール２つをタクシーに載せると、涼子さんの元へと向かった。

約束の時間についた私は、段ボールを抱えて店に入る。

ちょうど、オープン準備をしているところだった。

「涼子さん、こんにちは……」

仕事着の涼子さん。

洗い物をしてたのかな？

手が少し濡れている。

「七彩ちゃん!!　ようこそ〜！　我が家へ!!」

次の瞬間、飛びつかれた。

いきなり飛びつかれたから、何もできずにもちろん……。

「きゃあっ」

涼子さんを受け止めたまま、背中から床にまっしぐら。
私は衝撃を覚悟して、目を瞑(つぶ)る。
……だけど。
「あれ……？　痛くない？」
衝撃はこないし、むしろ何かに包まれているような？
「あっぶね〜な。母さん!!　ケガさせる気かよ！」
「ごめんね！　つい……」
母さん……？
涼子さんのご家族が支えてくれたんだ……。
お礼を言わないと。
「ありがとうござい……」
私は首を動かし、背後を見る。
そこには……。
「え……」
さらさらな黒髪。
鋭い目つきに、他者を圧倒する雰囲気。
これは……。
「ぎゃぁぁぁぁあああ!!」
なんか覚えがあるよ!?
思わずズサズサとその腕の中から抜け出して後ずさる。
い、イヤな予感しか……しない!!
「お、お前……っ!!　七彩!?」
「えっ、飛鳥……だっけ」
名前、そんなだった気がする。
「そう。俺、輝夜の総長。久しぶりだな」

「お、お久しぶり……デス」

　イヤなんだけど!?

　一生顔を合わせたくないレベルで苦手なんだけど!!

　だって!!

　だって!!

　ヤンキーだし!!

　暴走族だし!!

　でも……。

「なんでここにいるの？」

　しかもさっき『母さん』……って。

「あら、知り合い？　ならよかったわ〜！　七彩ちゃん、この無愛想なのが私の息子の飛鳥よ」

「え……？」

「飛鳥。この子が今日からうちで同居する、倉木七彩ちゃんよ」

「同居？　俺が？　コイツと？」

　嘘でしょ……。

　嘘だ、嘘だ、きっと嘘だ！

「え、え、いやぁぁぁぁあ」

　やだやだ、なんでこんなヤンキーと!!

「うるっせぇよ！　少しは黙れ！」

　飛鳥も目を見開いてびっくりしていたくせに。

　順応性が高すぎるよ。

　なんでそんなに落ちついていられるの。

「むぅ……。なんであんたと」

「こっちのセリフだ。別に俺はイヤじゃないけどな」

嘘つけ。

眉間にシワ寄せて言うセリフじゃないでしょうが。

「まぁ俺は、お前が同居することをポジティブに考えることにしたからな」

「はぁ？」

どうやったらポジティブに考えられるの。

やっぱり不良は頭の中は、お花畑なの？

「どうしたらポジティブに考えられるのか知りたいよ……」

私の呟きは、しっかりとそこに響いたはずなのに、誰も何も言わなかった。

パンッ!!

手を叩く音がして振り返ると、にこっと笑う涼子さん。

「じゃあ飛鳥。部屋への案内と家の案内、お願いね」

「「えっ」」

ちょっと涼子さん、今のやりとり見てました？

私、かなりイヤがっていたはず……。

「終わったら、3人でご飯にしましょうね」

涼子さんは、ニコニコ。

まぁそれもそうか……。

ずっとぶぅたれていてもしょうがない。

そもそも、お世話になる身なんだからワガママはダメだよね。

「じゃあ飛鳥。部屋に案内してあげてね」

「コイツの部屋、どこだよ？」

「３階に行けばわかるわ～」
「あ、そう。じゃあ行くぞ」
　飛鳥は素っ気なく、なんの躊躇もなく私の手を引いた。
「えっ、ちょ……っ」
　手!!　手!!　手!!
　さらりと繋(つな)がれた手。
　イヤっていえばイヤなんだけど……。
「まぁいいか……」
　私が迷子にならないように引っ張ってくれているだけだろうし。
　気にしたら負けだ。
　コイツにとって、女の子と手を繋ぐのは日常茶飯事なんだろうから。
　てか、私は何を意識しているの～～!!
「……」
　無言で２人、階段を上る。
　手は離されたけど、気まずい……。
　だって、前回逃げるように別れたから、もう二度と関わることはないと思っていたのに……。
　まさかこんな形で再会するとは。
「おい」
　上から声が降ってくる。
　こっちを向かずにひたすら進みながら私に問いかける。
「なんで、ここで住み込みでバイトするわけ？　まだ高校生だろ」

あぁ、そんなことか。
「お金がなくて、あまり親戚にも迷惑かけられなくて。そしたら、声をかけてもらえたから」
「家賃？　お前、１人暮らしだっけ？」
「そうだよ」
ちっこいアパートだったけどね。
前は２人暮らし、今は１人暮らし。
「どっから出てきたんだ？」
「は？」
出てきたのって？
土とか言ってほしいの？
私は、もぐらか？
「高校生なのに、１人で上京とか珍しいなと思ってよ」
なるほどね。
つまり、私がどの県から来たのかってことか。
「生まれも育ちも、ずっとここ」
「は？　マジで？　じゃあなんで……」
彼の足がピタッと止まった。
なんとなく察したのか、
「いや、あの……」
目が合う。
「いないってことか……？」
「そうだよ」
お母さんが死んだのはヤンキーのせい。
そんな余計なことは口には出さないけれど。

言ったところで飛鳥にとっては関係のない話。

私にとっては絶対に忘れられない話だけど。

そう思うと、ヤンキーに対してまたイライラしてきた。

だって、私がこうなったのは……。

全部、ヤンキーのせいだ。

いろいろ思い出してきちゃって、悲しさと憎しみがまた込み上げてきた。

目の前にいるコイツは関係ないのに。

「っていうか、あんなバカ校のためにわざわざ上京とかするわけないでしょ」

自分にやめろって言いたいけど、イライラしちゃってハつ当たりしてしまう。

「はぁ？　お前、俺たちをバカにしてんのか」

泣いちゃいそうだ。

いっそ殴ってくれないかな……。

そしたら涙を誤魔化せるから。

そう思っていると、

「えっ……」

上から手が伸びてくる。

私に、掴みかかろうとしている？

胸ぐら掴まれて、投げ飛ばされちゃう？

今の飛鳥、すごく怒った顔をしているんだろうなぁ。

だから、そっと顔を上げた。

けど、目の前にいたのは、

「お前、なんで泣きそうなわけ？」

真剣な表情でくしゃっと私の頭に手を載せている、飛鳥だった。

「殴ら、ないの？」

あれ、私こんなオドオドした奴だっけ。

ダメだ。

ヤンキーのことを考えすぎて、目の前にいる飛鳥にさえ冷たい態度をとっていた。

私の、悪い癖だ。

「殴るわけないだろ。俺、言わなかったっけ？　お前を姫にするって」

まぁ……言っていたような気もするけど。

まだそれ覚えていたの？

「諦めねぇよ、絶対に。俺はお前が気に入ったんだ」

「なんで」

「な～んか、俺たちのことが嫌いそうだから」

……えっ、あれ。

バレてる？

私、姫になるのは必死に断ったけど……。

ヤンキー嫌いなんて言ってない……。

……いや、暴走族は嫌いって言ったか。

そのあと正統派の話をされて……。

それでも私がまだ嫌いなこと。

やっぱ態度に出ていた？　気づく？

「気づくに決まってんだろ。最初、ひっどい目で俺らのこと見てたぞ」

ひどい目……!?

「近寄りたくない。関わりたくない。存在ごといらない。みたいな目で見てた」

確かに飛鳥の言っていることは、だいたい合っているけど……。

私は無言でプイッとそっぽ向く。

「図星かよ……まぁそれくらい、ひどかったってことだ」

「あ、そう」

じゃあ……なんで。

「私がそんなふうに思ってるのがわかるなら、なおさら誘わないんじゃ……？」

嫌っている奴を仲間にしようとする？

「あの部屋でも言ったとおり、俺らのまわりには同じような世界で生きてる奴らしかいねぇ。男も、女も……な」

飛鳥は私の頭を１回わしゃっとしてから、手を離した。

けどそのまま、私の手を握る。

「へっ？」

またですか!!

「俺の部屋で話そうか。お前を勧誘するいい機会だしな」

なんだそれ。

結局は勧誘か。

そう思ったけど、飛鳥が私の手を引っ張る力の強さに逆らえなくて……階段を早足で上る。

とか、言い訳してみるけど違くて。

ちゃんと聞こうと思った。

　私を、姫にしたい理由。
　そう思ったら、私の足も自然と前へ出た。
「ここ俺の部屋な。てか、お前の部屋ってどこなんだろう。
３階に空き部屋はないはずだけど」
　そう言いながらついた１つの部屋。
　え？
　涼子さんは『ある』って言ってたけど？
「まぁいいや。とりあえず入れ」
　飛鳥に言われて、
「お邪魔しま……す」
　緊張しながら部屋に入る。
　男の子の部屋って初めて……って。
「何これ!!」
　そこは、決してキレイとは言えない……部屋が。
　キレイ好きの私からすれば、の話だけども。
「そんな汚いか？　座れるくらいの場所はあるだろ？」
　まぁ、あるけど……。
　なんか、ほんと男の子の部屋って感じがする。
　布団がぐしゃぐしゃのベッドがあって。
　机の上は、カバンが置いてあるのみ。
　教科書すら見当たらない。
　そして床には……。
「なんでこんなに雑誌があるの？」
　雑誌ばかり。
　それも、バイクとか車とか。

「あ？　カッコいいだろ」
「と見せかけての、エロ本とかないわけ？」
「それは全部たまり場」
　あ、そう。
　あることは否定しないのか。
「とりあえず座れよ。ベッドにでも」
　飛鳥が指さす。
　飛鳥自身は机用のキャスターつきのイスに座った。
「で、さっきの続きなんだが……」
「うんうん」
「……っておい！　何やってんだよ」
　え？
　なんか、変なことした？
「布団を直してるだけだよ？」
　だって汚いじゃんか。
「お前、俺の彼女かよ……」
　は？
「それはないでしょ」
「冗談だよ……」
「まぁ続けよう」
　無駄な話はこれくらいで……ね？
「暴走族嫌いなお前なら、俺らのこと、ちゃんと見てくれると思ったんだ」
　私なら、見る……？
　輝夜を？

「憧れている人のほうが、ちゃんと見てるんじゃん？」

　私、嫌いなんだよ？

　都合のいいこと、なんもないよ？

「お前に、覚悟して暴走族やれって言われて。それで思ったんだ。コイツ、そういうの関係なく、俺らに接してるんだなぁって」

　確かに言ったけども。

　それは、みんなが地位と顔しか見てくれないとか言ってウジウジしてるからであって……。

「俺らのこと、好きじゃないから、地位とか関係なく話してくれたんだろ？　そんな奴に、姫になってほしい」

　本当なんだ。

　姫なんて、冗談で誘われていると思っていた。

　けど、違った。

　今の飛鳥の顔が、今まで言ったことは、すべて本気だって言っている。

「そんなこと言われても。そもそも私がその話をする前から私のこと勧誘してたじゃん……」

　なんかこじつけっぽい……。

　こんなこと思っちゃ失礼だとは思うけど。

「クックックッ……」

　いきなり飛鳥が笑い出した。

　なんで……。真面目に聞いたのに。

　……怖いよ？

「悪い。思い出し笑いだ。お前のことで」

「私!?」

なんか面白いことした!?

「普通、田中花子とか言わねえよ……!!　ククク……アハハッ!!」

は？

あれ、私のとっさの勇気なんだけど。

バカにしてる？

「俺、あの時に決めたんだ。お前を絶対、姫にするって」

なんかカッコよく聞こえるけど……。

姫を決めたタイミングが、ふざけた偽名を名乗った時だと思うとなんか泣けてくる。

「絶対に姫になんてならないし、よく見てみてよ。私、お姫様なんてガラかな？」

結構悪態つくし。

スポーツも、わりと得意だよ？

かわいいふわふわの髪は、とかしてもないよ。

すると飛鳥は、

「確かにな」

と言ってフッと笑ってみせた。

いやいや待て待て!?

本当のことだから否定しないにせよ。

今、鼻で笑ったよね？

「お前がお姫様とか言ったら、他の族に全力で土下座しに行くわ」

今すぐ行け。

　そして帰ってくるな。
「子どもの絵本なんかに出てくるお姫様じゃねぇんだよ。姫なんて呼ばれてるけど、実際呼び名なんてなんでもいいんだよ。ようは、俺らのそばにいて活力になればいいわけ」
　よくわからないけど……。
　えっ、待って。
　つまり、あの……。
「私と、一緒にいたいの……？」
　そばにいてって、そういうことだよね？
「は？　お前……っ」
　飛鳥は急に顔を真っ赤にして身を後ろに引いた。
　いや、え？
「違うの？」
　そういうことなんじゃないの？
　気に入ったとか、そんな言い方しているけどさ。
「お前……っ、なんで恥ずかしがらずにそんなこと言えるわけ？」
「えっ、それ以外に考えられなくて」
　私がそう言うと、飛鳥は深い深いため息をついた。
　なんか、私に呆れているみたい……。
　もうっ！　なんなの!!
「そういうことじゃねぇんだよ、だから……」
「……だから？」
　確かに、どんだけ自意識過剰なんだって思うかもしれないよ？

だけどさ、それ以外に考えつかないじゃん

人のこと気に入った、とか言っといてさ。

そういう意味じゃないならなんなの。

「だから、その……俺はお前に」

目線を逸らす飛鳥を見つめる。

なんで逸らすの。

こっち向いて言ってよ。

言葉に詰まる飛鳥。

そして……。

「ぶっ!!」

私にイスの脇にあったクッションを投げてきた。

「は？　ほんと飛鳥なんな……」

「いてほしい」

なんなの……って言おうとしたのに。

飛鳥の言葉に遮られた。

「えっ」

それも、『いてほしい』なんて言葉で。

「だ〜か〜ら、俺らのそばにいろってことだよ」

真っ赤になっている……。

えっえっ、あの飛鳥が？

なんでそんなかわいいの!?

「私の言ってること、合ってるじゃん……」

「なんでもいいだろ!!　恥ずかしい言葉を言わせんな」

そして、なんで私は怒られているの……。

「だから、姫になれよ」

気づいたら飛鳥は私の目の前にいて。

私と飛鳥の距離は、きっと10センチない。

ちょ、顔近いから!!

「飛鳥、待って。ほんとに近い……」

私は両手で飛鳥の胸を押すけど、びくともせずに飛鳥は接近してくる。

「姫になるって言ったら離れる」

ふざけんなぁぁぁぁあ!!

ならないって言っているのに!!

「七彩、そんなに姫になりたくねぇの？」

「なりたくないね!!」

「へぇ〜」

飛鳥は私の言葉に何かいいことでも思いついたようで、ニヤッと笑う。

その顔は悔しいけどすごくキレイで、ここにファンの女の子たちがいたら気絶するかも……。

そんな笑みを私に向けるなんて……。

えっ、なんだろう……悪寒がする。

ゾワッとしてる私の耳元で飛鳥はそっと囁く。

「キスしてくれたら、もう諦めてやるよ」

……。

……。

「……は？」

長く間が空いちゃったけど……。

え、今コイツなんて言った？

「ん？　もう１回言おうか。諦めてほしけりゃキスしろって言ったんだ」

き、き、

「キスー!?」

頭イカれてんじゃないの!?

「イヤに決まってるでしょ!!　初キスはだ〜いじに取ってあるんだから！」

「へぇ〜、まだなのか。お子様だな」

う、うるさい!!

「じゃあ姫になるんだな」

嘘でしょ、それはやだ!!

でも、この男なら無理やりしかねない!!

お母さんを殺した、ヤンキーの仲間だけはごめんだよ!!

飛鳥たち……そう……輝夜のみんなはまったく関係ないと思う。

悪いのはあのケンカしていたヤンキーたちであって、飛鳥たちじゃない。

そんなのわかっているし、それで飛鳥たちを悪く思うのも理不尽だと思うの。

だけど、わかってほしい。

これは私なりのケジメであって。

「諦めて」

私の、今の必死の思いだから。

──チュッ。

私はそっと、飛鳥にキスをした。

離れた唇。
目の前には、驚きに目を見開く飛鳥がいて。
「七彩……お前……っ」
「これで、諦めてくれるんでしょ？」
私は口角を上げる。
だけどその瞬間、私の顎がクイッと引かれる。
「!?」
「お前……誰が頬でいいっつったよ」
あ……。
やっぱダメ？
そう……。
私は、飛鳥の頬にキスをしたのだ。
顎を引かれてるせいか、さっきより飛鳥と顔が近い。
いや、違う。
飛鳥が、私に近づいているんだ。
さっきよりも。
「だって飛鳥、唇に……とは言わなかったじゃない」
キス、って言ったから。
ほっぺにちゅーでもキスでしょ？
「普通、唇だろ」
「唇だろうがなんだろうがキスはキスでしょ。ほら、言ったとおりにしたんだから諦めてよ？」
私がそう言うと、飛鳥は長いため息をついた。
そして、
「お前のほうが、１枚上手だったな」

顎から手を離すと、私のほっぺを引っ張った。
「はにふんのよ」
「あ？　なんて言ってる？　もしかして何すんのよって言ってんのか？」
うん、合ってるよ。
うん、合ってるから!!
その手を離してくれ……痛いんだよ……!!
「いいか、よく聞け」
飛鳥は私のほっぺを引っ張ったまま急に真顔になる。
わかった、聞いてあげるから離してよ……!!
という私の心の叫びには気づかず、飛鳥は何かたくらんでいるかのようにニヤリと笑った。
いや、コイツ気づいてるな。
私が痛いのをわかっていてやってるな。
もう飛鳥には何を言っても無駄かな。
私は仕方ないからこのまま聞いてやろうと思った。
「仕方ねぇから、諦めてやる」
おおっ！
ほんと？　やった!!
「けど……」
すると、飛鳥はフッと笑って……。
「お前が姫になりたくなったら、いつでも言ってこい。俺たちは……大歓迎だ」
そう、言ったのだ。
「ふぁっ!?」

　それはない!!
　絶対にナイナイ!!
「まぁ、姫じゃなくてもそばにいてもらうけどな」
「……は？」
　今、飛鳥はなんて言った？
　姫じゃなくてもそばに……？
　えっ？
「変な勘違いするなよ。彼女にするとか思ってないからな」
「思ってないし、願い下げだよ!!」
「それは損をしてるな」
「……」
　わけわからない!!
　で、実際のところ、どういうことだろう。
　そばにいるって……。
「お前、この家に住むんだろ？　だったら俺のそばに常にいるってことだからな」
　あ、そっか。
　そりゃそうか。
　な〜んか、驚いて損しちゃったなぁ
　……って!!
「ご飯の時くらいでしょ……」
　学年も違うし。
　家での食事以外に、共有することなんてなくない？
「なんかあるかもだろ。ここは仲よくしとこうぜ」
　飛鳥と仲よく……。

「それはする気だったよ」
「ん？」
「飛鳥とは仲よくする気だった」
　だって同居人だし。
「マジかよ。ヤンキー嫌いじゃねぇの？」
　輝夜の総長としての飛鳥とは関わりたくないなって思っている。でも、同居する以上は、涼子さんの息子でもある飛鳥と仲よくしなくちゃダメだと思う。
　それは……認めたくないだけで、飛鳥は悪い人ではないんじゃないかって思ってもいるから。
「ヤンキー嫌いだけど飛鳥は嫌いじゃないよ。だって飛鳥は飛鳥だもん」
　私がそう言うと、飛鳥は何も言わずにフッとまたバカにしたように笑う。
「バカにしてる……？」
「いいや。……やっぱりお前が姫がいいと思ってよ」
　それは無理だ。
「まぁ、諦めるって言っちまったし、俺からはもう何も言わねぇよ。さぁ、お前の部屋を探そうぜ」
　あ、そっか。
　空き部屋ないはずなのに３階って言われたから、探さなきゃなのか……。
「わかるって言ってたけど……部屋の前にお前の荷物が置いてあるとか？」
「ううん、私の荷物は下に置いてる段ボール２個だけだから違うと思う」

とりあえず、3階の部屋を見てまわる。

てか2人暮らしなのにこんなに部屋数いるのか？

「3階には、4つ部屋があるんだ。1つは俺の部屋、1つは両親の部屋。あと、物置と俺らの……」

「物置じゃない？」

「いや、あそこは物が多すぎて、片づけしたとしても人が1人過ごせるスペースはない」

じゃあ……ないよね？

まさかの廊下!?

……いや、待て？

「4つ目……俺らの、何？」

俺らって、おそらく輝夜のことかな？

輝夜の……なんだろ？

「俺らの、幹部室……」

か、幹部室？

なんだそれ。

「その名のとおり、輝夜の幹部が集まる部屋だ」

んんん？

つまり学校の2階の突き当たりにある、あの部屋と同じようなところって思っていいのかな？

「普通、事務所なんかは豪華なんだろうけど、それは大人の組の奴らの話。俺らは学生だし、普段は学校の他に仲間の兄貴が持ってる空き倉庫をたまり場にしてるんだ」

空き倉庫って……。

それ、使っていいわけ？

ダメだろ……。

「わりといいところだぜ。設備も整ってるし、電気と水道も通ってるしな」

それはいいところを見つけたね、うん。

ぶっちゃけ私には族事情がよくわからない。

その環境が恵まれているのかそうでないのかさえ、わからない。

「しかも、この家の裏だから近くていいんだよなぁ」

は？

この裏に……。

輝夜のたまり場があるの!?

うわぁ、勘弁してほしい。

まぁとりあえず、そのたまり場とこの家の３階にある幹部室も、輝夜の場所？　縄張り？　なのかな。

とにかく、近づきたくない。

「お前が、俺らに関わりたくないって言っても、どうなるかわからないからな？　だから、俺はお前と同居するのは問題ない。いつまでも居座っていいぞ」

「そんなの、ありえないって……」

そんな話をしながら廊下を歩いてると、

「あ……っ」

見つけた。

私の部屋。

なんでわかったって？

部屋の扉を思いっきりメルヘンにデコレーションされてるんだよ……。

あぁ、この部屋が私の部屋だ。

「ねぇ、飛鳥ここじゃない……？　って、あれ？」

私はその部屋を指さしながら飛鳥に尋ねたけれど……なぜか飛鳥は目を丸くして放心状態。

そして、徐々に……。

「な、なんで怒るの!?」

眉間にシワが寄っていった。

いや、ただでさえイカついオーラを放っているからやめよう!?

飛鳥は存在がもう恐ろしいからさ……。

殺気だけで、人が腰を抜かすくらいのことはできるんじゃないの？

それくらいオーラがすごい飛鳥が、なんでいきなり不機嫌になるの。

「……おい、七彩……」

「な、何……」

迫力のある声。

ていうか、なぜ怒っている。

飛鳥はうつむいたまま、重たい口を開いた。

「中、確認してくる」

ん？

確認って？

私の部屋じゃないの？

涼子さんは空き部屋って言ってたし。

あ、でも飛鳥はそんなのないって言ってたっけ。

いったいどうなっているの？

飛鳥はドアノブに手をかけると、深呼吸をしてからそっとそのドアを押した。

って、おい!!

なんで我が家の部屋を開けるのに、そんな深呼吸とかしてるの!?

まさか……。

開かずの間とかいうヤツなんじゃ……？

「わわわっ！　ちょっと待って！　呪われる!!」

私のそんな声とともに、ガチャッと音を立ててドアが開いた。

「お前なに言ってんの」

私のことをイタい子のような目で見る飛鳥は、平然としていて呆れ顔。

「……なんかごめん。で、早く中を確認してよ」

「チッ。わかってるよ」

うるさい……と、飛鳥の目が言ってる。

中の何を確認するのか知らないけど、飛鳥にとって重要なことなんだろうなぁ……。

そう思って廊下で待っていると、沈んだ表情の飛鳥が出てきた。……飛鳥って意外とわかりやすいな。

「あのさ、お前用としてあてがわれたあの部屋。あれ、幹部室だったんだけど」

……。

「は!?」

ってことは……。

「涼子さん、暴走族のたまり場を私に部屋として提供したわけ？」

「だな」

嘘でしょ。

「見たところ、家具はそのまんまだったけど……。いろいろなくなってた」

はいはい、わかりますよ～。

さっき言ってたアレですね、アレ。

えっ、何かって？

エロ本に決まってるじゃないか。

「逆に余計なものが増えてた」

余計なもの……？

「お前の机とか、タンスとか。あと、なんかカーテンとか変わってる」

飛鳥は、眉間にシワを寄せながら、再び部屋へと入っていく。

私も、飛鳥のあとを追うように続く。

「うひゃあ……」

そこは、とても広くて明るい、かわいい部屋だった。

飛鳥の部屋の３倍くらいある。

カーテンはピンク。

女の子らしい部屋。

　また別にテーブルと、ソファと、テレビと……。
　リビングみたいな感じの場所だ。
「私、この部屋を使っちゃってもいいの？」
　飛鳥たちのたまり場がなくなっちゃうし。
　飛鳥と涼子さんには言ってないけど、私もうアパートを明け渡しているから、ここを追い出されたらホームレスなんだよね……。
　だから出ていくのだけは勘弁だよ……。
「まぁいいんじゃね？」
　は？
「何が？」
「お前、ここ使えよ」
「あ、いいの？」
「いいんじゃね？　仕方ねぇよ。母さん、言い出したらきかねぇし」
　それは確かに……。
　幹部室、他で探すのかな？
　申し訳ない……。
　そして、私は飛鳥に手を差し出した。
「部屋ありがとう。これから、よろしくね。何から何まで、お世話になっちゃうね」
　私がそう言うと、すごく驚いた顔をした飛鳥。
　だけど、またいつもの不敵な笑みを浮かべながら、
「ん」
　私の手を握った。

☆
☆
☆
☆

第3章

ロクなことがない

あれから１週間がたった。

本当に、本当に、なんなのかってくらい……。

なんもない。

別に輝夜と関わりたいとか、それを期待していたとか言われたらそんなの真逆だって言える。

多少の関わりは覚悟の上だった。

けど恐ろしいほど何もないのだ。

もちろん、飛鳥とも。

朝はサボりがちな飛鳥と違って私は早起きなため、絶対に会わない。

日中は学校だけど、学年も違うし……。

夜はいつも夜中に帰ってくる飛鳥とは、ご飯すら一緒にならない。

だから、輝夜と関わることもなく、普通にクラスで穏やかな生活を送っている。

「お〜い七彩！　昼飯食おうぜ!!」

教室に戻ると騒がしい声。

「平太……いいよ。食べよっか」

「よっしゃ！　今日は教室の外で食おうぜ」

平太とは、仲のいい友達って感じ。

教室を出てひょこひょこと歩く赤い髪の平太の後ろを、

お茶を飲みながらついていく。
　平太の手に握られた手作り弁当。
　最初こそ爆笑したものだった。
　だって暴走族とかいって荒れているのに、ママの手作り弁当を食べてるんだよ？
　あれ？
「ところで平太、どこで食べるの？」
　階段を２階分くらい下りて、廊下もかなり歩いた。
　どこ向かってるの？
　っていうか、お茶がなくなった。
　自販機ないかな。
「あ〜、あそこで食おうと思って」
　そう言って平太が指さしたのは……。
「ぶほっっっっ」
　あの、例のたまり場だった。
「うわっ、七彩……汚ねぇ……」
　仕方ないでしょう!!
　なんで輝夜のたまり場でお昼を食べなきゃなの？
「今日は幹部の大事な会議の日なんだよ。いつもなら放課後やるんだけど、飛鳥がここ最近、幹部室に出入りするなって言ってるんだよなぁ」
　幹部室って……。
　私の部屋じゃん!!
「七彩がイヤなら、会議は放課後にしてもらっても……」
「いや、いい!!　行こう！　たまり場！」

私は空になったペットボトルの先を扉のほうに向ける。
「ん？　七彩どうしたんだ？」
平太は首をかしげながら、たまり場の扉を開ける。
「よ～っす、遅れたなっ！」
ガラッと勢いをつけて開かれる扉。
中には、平太以外の全員がいた。
そうだった……。
コイツらサボっているんだった。
「あれ～？　平太の後ろは七彩チャンかな～？」
直がニヤニヤと笑っている。
「は？　七彩？　なんで来たんだよ」
咲人も相変わらずで。
私のこと、よく覚えてたね。
「七彩ちゃん、久しぶり」
にこっと私に笑いかける千尋。
はぁ……ちょっとだけど心が落ちつく。
チラッと飛鳥のほうを見ると、普通な顔をしすぎていたので、あぁ、コイツが私を呼んだなって思った。
「で？　七彩チャン呼んでまで、なに会議するワケ？」
直の視線が飛鳥に向く。
あ、やっぱり飛鳥が私を呼んだんだね。
わざわざ私を呼んだということは、私に関係のある話ってことかな……？
けど、私が輝夜に関わったのなんかほんの一瞬で。
関わりたくない宣言もしたし……。

うううう、面倒くさい……。

「今日の話だが……察してるとは思う。七彩のことだ」

飛鳥が話し出すと、みんな真面目な顔して聞く。

って、ちょっと待って!!

直と平太に真面目な顔とか合わないんだけど？

笑う笑う笑う笑う、ちょっと待って!!

「どうしたんだ？　七彩……。なんか具合でも……」

「なんでもないよ、平太!!　どうぞお気になさらず!!」

近寄ってくる平太に手でストップをかけて、１人心の中で奮闘する。

笑ったら殺される。

笑ったら殺される。

笑ったら殺される。

「ふぅ～」

で、深呼吸。

「やっぱあの女、頭おかしいんじゃねぇの？」

咲人が呆れた目でこっちを見ていたけど、気にしないことにした。

「七彩に関しての話は、２つある」

飛鳥は自分の指を２本立ててみせる。

てか２つ？

なんで２つもあるの？

１つも心当たりがない。

「まず１つ。コイツを姫にすることを諦めた」

あ、そのことか。

「「「「えっ……」」」」

みんながみんな、えっと声を漏らした。

そんな驚くことかな？

あれだけ拒否してたんだし。

「待って待って！　飛鳥と七彩の間で、なんの交渉があったんだよ!!」

平太が食いつく。

いや、うん……。

確かに、そう思うのは当然だよね……。

実際に交渉はあったわけだし……。

……あれ。

このままだとキスや同居のこと、バラされるんじゃ？

うわぁ、やめてくれ。

「俺も気になるな～、七彩チャンを諦めるなんて、飛鳥らしくないもんね～」

「ふんっ、俺はどうでもいいよ」

咲人はどうでもいいって言ってるし、言わないよね？　うんうん。

……言うなよ!!

「七彩ちゃんの粘り勝ちってこと？」

千尋が、にこっと笑いながら言う。

「そそそ、そう!!　私、断固拒否だし！　絶対ならないし!!　だから飛鳥も諦めたんじゃないかな～なんて」

もうそれでいいよ。

頼むから深く突っ込まないで……。

「七彩……なんか妙に焦ってるなぁ……」
「そ、そんなことないよ!?」
　平太するどい……。
　きっと、ここ数週間一緒に行動しているからだ。
「それにほら!!　もう１つ話あるみたいだし？　早くそっち聞きたいな～なんて。そんでもってちゃっちゃと帰りたいな～なんて」
　昼休みにヤンキーと一緒だなんて、もはや休んでいないのと同じ。
「結局早く帰りたいだけじゃねぇかよ」
　チッと舌打ちをする咲人。
　まぁね!!
　早く帰りたいよ!!
　できるだけね!!
「そうだ、もう１つあったな」
　何かを思い出したように言う飛鳥。
　ほんの数分前に指を２本立ててたの誰だっけ？
「２つめ……幹部室が、なくなった」
「ぶっ!!」
　飛鳥が言い終えたと同時に私は吹き出した。
「えええええっ！　幹部室が!?　てか七彩、また吹き出したのかよ!!」
「どういうことだ……。飛鳥、説明しろ。そして七彩、お前は吹き出すな」
「ん～、俺もさすがに気になるな～。で、七彩チャン、どうしたの……」

「どうしたの、飛鳥。僕も驚いたよ。あ、七彩ちゃん、ハンカチ使う？」

わぉ……。

それぞれの反応が面白い。

「ありがとう」

そして、私は千尋からハンカチを受け取る。

やっぱり千尋は紳士だ。

っていうかさ……。

私、ここにいたらヤバイんじゃ……？

いや、あの……。

もし、ここで飛鳥がポロッと、私と暮らしていることを言うとするじゃない？

そうすると、みんなが私のせいで幹部室がなくなったって怒るのと、咲人に関しては、自分の信頼している総長様の家に大嫌いな女がいるわけで……。

……怒りは倍増っと。

これは逃げるしかない!!

「えっと……私そろそろ戻ろうかな、なんて」

昼休みは有限だし、ね？

「どうしたんだ！　七彩!!　まだ昼メシすら食ってねぇじゃん!!」

ごもっともだ……。

でも平太、もう許せ……。

これ以上ここにいたら殺される。

「七彩ちゃん……まだここに来てから10分もたってないけど……？」

千尋が、あはっと私に笑いかけてくる。

コイツ……。

絶対に私が逃げたいことに気づいてるな……？

優しそうな顔して、考えていることがわからない。

けど、うんそうだね、まだいるよ、うん！

とか言ってられないの!!

「……ち、違うの!!　先生に呼ばれていたの思い出して!!　そう、だからダッシュで行かなきゃ!!」

我ながら、なかなかいい案じゃない？

今日はこの階を使っている３年生が課外授業でいないから、人目も気にせず出られるし!!

「ふぅ～ん……まぁ、ぶっちゃけ幹部室なくなったことは、七彩にはカンケーないだろうし、俺はいないほうがうれしいけどね」

咲人……!!

どうしよう咲人が神様に見える。

後光が差しているよ。

咲人が手で私をシッシッと追っ払ってくれるから、私も笑顔でここから出られる。

「じゃあ！　失礼しました～」

そう言って、部屋を出ようとした時……。

「あ、七彩」

「え、なに飛鳥」

「今日は夕飯いるから」

「あ、わかった」

……あれ？

今、なんかヤバイこと話したような……。

ニヤリと笑う飛鳥の顔が見えた。

まさか……、はめられ……っ

「「「「えええええええええええええ!?」」」」

だよね！　こうなるよね!!

「七彩！　お前どういうことだよ!!　夕飯いるって、は!?」

「七彩チャーン、詳しく話すのと俺とイケナイことするの、どっちがいい？」

「は……お前……え？」

「飛鳥？　僕も聞いてないよ？」

なんてこった!!

「七彩!!　ど〜ゆうことだよ!?」

両肩を平太にガッと掴まれる。

おおお……。

顔が怖いよ……。

その赤髪が、さらにその怖さ引き立てているよ。

あっ、でもその背の小ささが怖さを消して、かわいさを引き出して……。

「七彩!!　聞いてるのか!?」

「あ、ごめん。え〜っと……ど〜ゆうことだよって聞かれても……」

とくに説明できることは、ない。

「お前……飛鳥と結婚してんのか!?」

「ぶっ!!」

なんでそうなるの!?

純情くんなの!?

なんなの!?

「へ、平太……落ちついて」

「十分落ちついてるよ!!　七彩!!　お前の名字言ってみろ!! 正式な、だ!!」

「は？　倉木、だけど？　倉木七彩……」

「嘘つけぇぇぇえええ!!　神代だろ!!」

マジで落ちつけ。

「へ、平太、よく考えようね？　ほら、飛鳥だってまだ高校２年生だし……」

男性は結婚は18歳からだから!!

飛鳥はまだ、16か17のはず……。

「飛鳥は１年留年してる……!!」

「は!?」

留年している!?

飛鳥が!?

じつは２個上？

「……かもしれねぇじゃん!!」

……ややこしい!!

疲れた……。

ものすごく疲れた。

うわぁぁぁぁ！と、叫びはじめた平太を横目にため息をつく。

飛鳥もなんか言ってくれないのかな……。

ちらっとみんなのほうを向くと、

「やべえ!!　平太面白すぎ!!　七彩チャン結婚してんの？神代サンなの〜？」

「フッ、バカはバカ同士戯れてろ。しかし面白いな」

「大丈夫、七彩ちゃん。僕はバカにはしないよ……ふっ」

はぁ？

３人が３人とも笑っていた。

咲人の笑顔っ！　レアだ!!

とかそんなお花畑なことは思わないし、コイツが笑顔だろうがなんだろうが関係ない。

そして千尋の発言に一番腹が立ったんだけど!!

３人とも私と飛鳥の関係で笑っているのか、平太と私のやりとりに笑っているのか。

いや、完璧な後者だコレ。

てか張本人!!

「飛鳥からも何か平太に……って、何してんの」

飛鳥に文句を言おうとすると、あろうことか……。

「あぁ？　なんだよ」

思いっきりガン飛ばされました。

私、なんか悪いことした!?

てか、何をやってんだ？

ソファに座っている飛鳥。

ゲームでもしているのか。

手には最新のゲーム機が握られていた。

イカつい顔とそぐわない、ちゃらっちゃちゃらららん〜と某有名ゲームの音がする。

てか、それゲームオーバーしてないか？

「お前が話しかけるから」

「違うし。平太が変な勘違いしたの、飛鳥のせいでしょ」

そう言うと、飛鳥はゲーム機をソファにポンと投げ、立ち上がった。

ゲーム機を投げるなよ〜。

まぁソファだから壊れるわけないけど。

壊れたら、ざまぁって笑うのに。

飛鳥はそのまま私に近づくと、ガッと自分の腕を私の肩にまわした。

「えっ!?」

「なんだよ」

「ナンデスカ。この手は」

「文句あるか」

あるよ。

離せよ、今すぐに。

と、言えるほど、私はまだ人間としてできあがっていないらしい。

睨みつけてくる鬼と狼の混合種には逆らえない。

「……で、本当になんなんだ。茶番はここまでにして説明しろ飛鳥」

咲人は……なんでこの鬼と狼を混合させた生き物に命令

できるんだろう。
　あ、違うか。
　咲人は、その上を行く魔王なんだろう。
　どう見ても、この中で一番イカつい人相をしている。
　さて、飛鳥はなんて言うのだろう。
　どう誤魔化すの……。
「……一緒に住んでる」
　飛鳥は、コイツと、と主張するように、私の頭を自分に寄せた。
「は!?　住んでる!?　やっぱ結婚してるんじゃ……」
「平太クンは少～し黙っててネ～。話が進まないから～」
　まぁ……だよね、たぶん飛鳥は一緒に住んでることをわざとバラそうと、さっきご飯のことを言ったんだよね。
　もう諦めよう。
　とくにやましいことなんてないし。
　ここは素直に話して、さっさと教室に戻ろう。
「涼子さんのところで住み込みでバイトしてるだけ」
　私は頭に添えられた飛鳥の手をはたきながら言う。
「涼子さんか。美人だよね」
　にこっと微笑む千尋。
　え？　確かに超美人だし高校生の息子がいるなんて考えられないけど、今そのネタ関係ある……？
「……まぁそれだけだから。結婚とかふざけたことこれ以上言ったら怒るからね、本当に!!」
「平太のせいで七彩チャンに怒られた」

そ〜そ〜。

直の言うとおり。

平太のせいで、無茶苦茶だよ。

「じゃあもう戻ってもいい？」

さっきチャイム鳴ったし。

「あぁ」

飛鳥の素っ気ない声が聞こえたのを確認して、私は扉を開けると１歩踏み出した。

その時、

「母さんに、今日の夕飯４人分追加って言っとけ」

「……はぁ？」

「じゃ、また家でな」

「はぁぁぁぁぁあ？」

少し顎をクイッと上げて、フッと笑う飛鳥。

目は早く出ていけ、と言っている。

私はそのうざったい顔を睨みつけて、もう１歩踏み出すと扉を閉めた。

「はぁ……」

扉を背に、ため息をつく。

だって４人分追加って絶対にあの人たちの分でしょ？

来るんだ、家に来るのか!!

「マジですか……」

心からイヤだ。

けど、住み込みバイトをさせてもらっている私に文句なんて言えない。
「引きこもろう……」
　部屋に引きこもって、勉強しよう。
　特待生なんだから、次の中間テストでは絶対に１位を取らなきゃ！
　そういえば、次の中間って、いつだっけ？
　たぶん３週間後くらい？
　なんかやる気が出てきた!!
「頑張るぞ～ッ!!」
　私は１人ガッツポーズをして、誰もいない廊下を歩きはじめた。

つまり、癪(しゃく)に障る

【咲人side】

面白くないと言えば嘘になる。

気になるかって言われたら……そりゃ気になるだろって言う。

ただ、どうにも気に食わない。

腹が立つ。

イライラする。

最近関わるようになったアイツ……倉木七彩は、するりと俺らの中に入ってきた。

その七彩も含め、6人で話すのは今日でまだ2回目だったのに……。

なんでアイツとは、あんな普通に話せたんだろう。

まるで、今までずっと一緒にいたみたいな。

俺たちに紛れていても、何も変わらない。

……それくらい、アイツが俺らの輪に入っていることに違和感がなかった。

性格に難アリだが。

『母さんに、今日の夕飯4人分追加って言っとけ』

飛鳥がそう言い放つと本当にイヤそうな顔をした七彩。

そんな眉をひそめなくてもよくないか？

七彩はそのまま舌打ちでもしそうな顔をして、たまり場から出ていった。

……で、本当に行くのかよ、飛鳥の家。

飛鳥んちは広いし落ちつくし、涼子さんの作るご飯もうまい。

だから行きたいけど、アイツがいるって、女がいるって思うだけでなんか気が引ける。

七彩が他の女どもとなんとなく違うことは気づいているのだが。

「今日、倉庫に行って、来月の集会のことを話してから幹部室に移動すんぞ」

飛鳥の言葉にみんなが一斉に頷く。

は……？

なくなったんじゃないのか？

奪還作戦？

まぁいいか。

平太なんて、

「部屋着の七彩を見て笑ってやろうぜ！」

とか言ってるけど、単純に見たいだけだろ。

まぁ……ピンクのモコモコの部屋着とか着てたら確かに笑っちゃうけど。

にしても憂鬱（ゆううつ）だ。

どこまで心を許していいかわからないだけに、すごくやりにくい。

……七彩に忠告、しとくかな。

アイツがこっちに深入りしてきて、飛鳥が傷つくのを見るのはイヤなんだ。

　その時、
「っ!!」
　腕を誰かに掴まれた。
　──直だ。
「……何」
　顔が強ばる。
　直は鋭い。
　俺、なんか顔に出てた？
　直は俺の目をじっと見ると、
「咲人、変なこと考えてないよね？」
　そう言った。
「は？　なに言ってんだよ」
「いやぁ？　咲人があまりに怖い顔するから……七彩チャン見ると。そんなにイヤなワケ？」
「女子はみんな嫌いだ」
「男が好きなわけじゃないデショ」
　当たり前だ、バカ野郎。
「とにかく、七彩チャンに何かするのとか咲人は好きそうだけど、ここは見守ってやってよ」
　直はそう言うと、
「じゃあ、あとで倉庫でな～」
　と、たまり場を出ていった。

ジャガイモを用意せよ

「ありがとうございました」
　手を前で重ねて、お辞儀をする。
　カランカランと音を立てて、本日の最後であろうお客さんが帰った。
「ふ〜っ」
　今日のバイトも平和に終わった。
「七彩ちゃん、慣れてきたわね〜！」
　そう言いながら、私の頭を撫でる涼子さん。
　なんか恥ずかしくて、くすぐったくなって目を細めた。
「じゃあ夕飯の準備しちゃうか！」
　今日は週１回ある少し早めに店を閉める日。
　涼子さんはカフェの入り口の【OPEN】を【CLOSE】に変えると、２階へ続く階段を上る。
　んんん？　夕飯？
　あ!!
「涼子さん！　今日、飛鳥は夕飯いるって言ってました！」
　忘れるところだった!!
「あら、飛鳥が？　わかったわ〜」
「あ、あと……」
「うん？」
　あと４人分追加らしいです、なんて言いたくない。
　うわぁぁぁあ!!

イヤだぁぁぁあ!!

まぁ、私は居候の身だから、そんなワガママは言えるわけないけど!!

「あと4人分いるとか、なんとか……」

少し後半を濁す。

たぶん今の私、すっごくイヤそうな顔をしているんだろうなぁ〜……。

私の言葉を聞いて、涼子さんはすぐにどの4人かわかったらしく、

「は〜い、了解!! 七彩ちゃん、わざわざありがとうね〜！」

階段をそのまま上りきると、涼子さんはキッチンのほうへと向かった。

そして冷蔵庫の中を確認している。

4人分……追加……。

合計で7人分か。

いつも私も手伝っているから、今日は大変だなって思ってみたり。

「七彩ちゃん」

その時、冷蔵庫を覗きながら涼子さんが声をかけてきた。

そして私が涼子さんに顔を向けると……。

「飛鳥と仲いいの？」

そう尋ねてきたのだ。

「はい!?」

飛鳥と!? 仲!?

いいとも悪いとも言えないくらい、ほとんど関わってい

ない気が……。

今日は平太に連れられて、たまたまあのたまり場らしい部屋に行ったけど……。

「普通、ですかね……」

無難な言葉を選んでおく。

ちょっと態度が大きいとか、俺様とか、顔だけは無駄に整っているけど性格までは整っていないとか。

そんなことは思っていても言わないけどね!!

言えるわけがない！

「え、そ～なの？　飛鳥のお嫁さん第１希望は七彩ちゃんなのに」

「はい!?」

しれっと言った涼子さんは、まだ冷蔵庫の中をゴソゴソしている。

からかいで言ったとかじゃなくて、思ったことをそのまま口に出した感じ……。

「あ～、ジャガイモがない～」

……今の発言も絶対そうだ。

「あっ、七彩ちゃん。ジャガイモないから、飛鳥に連絡して帰りに買ってきてって言っといてもらってもいい？」

「飛鳥の連絡先、知らないです……」

「えええええ!?」

え!?

そんなびっくりされるものなの!?

知らないだけだよ!?

「ジャガイモくらいなら、私が買いに行きますよ？」
「ダメダメ～。スーパーまでの道、いろいろ物騒だから、飛鳥に買いに行かせるわ」
　涼子さんは、お米をとぎはじめる。
　……ジャガイモと、出されている食材を見たところ……カレーかな？
「ん～、今、私の携帯が故障中でメールできないのよね……。七彩ちゃん、悪いけど、飛鳥に直接言いに行ってもらっていい？」
「へ？」
　直接？
　アレ？
　え？
「それなら私が買いに行ったほうが……」
　早い気が……。
「飛鳥、今日は輝夜の倉庫にいるはずだから。倉庫なら、この家の裏だし。近いから大丈夫よ」
　倉庫!?
　それって輝夜のたまり場だよね？
　スーパーのほうが絶対に安心だよ!?
　息子を信頼してるのはいいけど、暴走族がわんさかいるところに行けって言うの!?
　嘘でしょ……？
　けど居候させてもらっている身、そんなことは言っていられない。

「大丈夫、輝夜は安全よ」

にこっと笑う涼子さんが悪魔に見えた。

「……いってきます」

「ありがと〜」

涼子さんの頼みとなれば断れない。

私はため息をつく。

つま先をトントンさせて靴を履く。

てか裏……。

行ったことないや。

見たこともない。

「もう、ここは気合いで行くしかない」

生きて帰れますように、と私は玄関で手を合わせると家を出た。

「……ゲッ」

なんとなく、覚悟はしていた。

けど、

「う〜、行きたくない〜」

倉庫らしき建物の前には、大量のバイク。

そして髪の毛のカラフルな人たちが、いわゆるヤンキー座りで溜まっている。

「おいっ！　てめえ、何ジロジロ見てんだよ！」

しかも、そう言って、１人のヤンキーが目の前に座るヤンキーにイカつい顔面で突っかかっている……。

のを、建物の陰で見ている私。

「別に見てねぇよ!!　やんのかコラ」
　……ケンカ、はじまっちゃうのかな。
　はぁ……。
「ぶっ殺すぞゴラァ」
　案の定、倉庫の目の前でケンカがはじまった。
　誰も加勢しないから、たぶん２人ともここの輝夜って暴走族の人なんだろうなぁ……。
　てかいいの？　飛鳥。
　キミの仲間たち、仲間割れしているよ？
　そんでもって入るタイミングを完璧に逃しちゃったよ!!
　その時、
「お前ら、何やってんの。飛鳥にバレたら怒られるよ、はい、やめやめ！」
「ち、千尋さん！」
「すいやせん、えっとこれは……」
　ケンカの仲裁に入ったのは、千尋だった。
　っていうか千尋すごいな……。
　あの不良たち抑えちゃうんだ。
　めっちゃ敬われてるし!!
　けど、私からしたら転校初日に見た千尋が忘れられないけどね……。
　……あの、例のスキンヘッドを吹っ飛ばした奴。
　千尋はケンカしていた２人にニコニコと接しながら、肩をポンポンとして倉庫の中に戻ってく。
　ん……？

もしかして今チャンスなんじゃ？

ここで千尋に声かけないと、私たぶん一生飛鳥のところに行けない!!

「あっ、ちひ……」

「何してんだてめぇ」

千尋、と彼の名を呼ぼうとした時、誰かに遮られた。

「えっ……」

ケンカに気を取られていて、建物の陰からかなり体が出ていたらしい。

一瞬にしてヤンキー５人に囲まれた。

って!!

さっきケンカしてた２人もいる!!

この人たち輝夜だよね？

なんか怖いんですけど……。

「何してんだって聞いてんだよ」

怖い怖い怖い!!

そのツンツンに立った金髪で身長が上増しされているせいか、デカく感じる!!

「えっとあの、私……」

「早く言えよ!!」

だから今、言おうとしたじゃん？

話を聞け短気野郎……。

「弘樹(ひろき)さん、コイツどうします？」

そのヤンキーは、自分の身長より20センチは低いかわいらしい幼い顔立ちをした男の子に声をかける。

てか、え？

この男の子のほうがお偉いさんなの？

どう見ても小学生……。

「チビとか思ってたら殺すよ、キミ」

チビとは思ってないよ!!

小学生……って思っただけ!!

という意味を込めて、私は首を横にブンブンと振った。

「ふ〜ん、お前は俺と同じくらいの身長だしな、チビとは言えないよな〜」

なんだコイツ。

しかも私のほうが絶対に高いよ。２センチくらい!!

大事な２センチを『同じくらい』なんて言わないでほしいかな!!

……けど、コイツは偉いんだよね？

「まぁ身長のことはいいや……で、キミ。俺たちの倉庫になんの用？」

あっ……。

やっぱりコイツ、人の上に立つ人間だ。

雰囲気が、もう真っ黒というか。

重いというか。

そんなオーラを出している。

こんな状況で睨んだ顔が少しかわいいとか言ったら、絶対に殺される……。

「いや、私、飛鳥に……」

「はぁ!?　飛鳥さんに!?　お前、今すぐ首吊って死ね!!」

「は？」

何このチビ!!

飛鳥に……って言っただけじゃん!!

なんで死ななきゃなんないの!?

死ねしか言えないなんてガキだ！

お子ちゃまだ！　小学生だ!!

「弘樹さん……。コイツ、総長のただの追っかけかもしれないっすよ。彼女じゃないですって」

「そんなんわかってるし!!　こんなちんちくりんが飛鳥さんの彼女のわけないだろ!!」

は……？　ちんちくりん？

「そうっすよ～、顔面偏差値は、今まで倉庫に来た女のなかでダントツにビリですよ～」

は？

なんつったコイツ。

「だよなぁ～」

黙れ小学生。

しかも顔面偏差値って……。

なに直と同じこと言ってんの。

「で？　お前なんの用だよ。顔面偏差値52!!」

ふざけんな金髪ッ!!

52とかなんでそんな半端なのか。そして、なんで直の評価より８も低いの!!　許さない!!

「うわぁ、顔面偏差値かなり低くされちゃったな～。飛鳥さんを追っかけてるからだよ？」

　弘樹はフッと笑う。
　申し訳ないけどね!!
　あんたたちの頭の偏差値のほうが低いわ!!
　絶対!!
　統一模試でも受けてこい!!
　とくに、そこの小学生!!
　腹立つけど、早くジャガイモを用意しなければ。
「飛鳥の彼女でも追っかけでもないから。飛鳥は倉庫にいるの？　倉庫に入ってもいい？　それか呼んできて」
「はぁ!?」
　弘樹は目を見開いて、私をありえない、とでも言いたそうに見ている。
　う～ん……。
　こっちも好きで飛鳥を訪ねているわけじゃ……あ。
「だったら伝言を頼んでいいかな？　伝えてくれるなら、帰るから」
　最初からそうすればよかったんだ～。
　私バカだ。
「内容によるけどな!!　なんだよ？」
　な～んかコイツ、平太に似てるな。
　上から目線だし。
　でも、平太のほうがかわいげがあるかな。
　いや、髪の毛の色は平太がイカついけど。
　弘樹は黒髪だし。
「ジャガイモ」

「は？　ジャガ……？」
「飛鳥にジャガイモ買ってこいって言っといて」
　そして「よろしく」と言って私はさっさと歩き出す。
　さっさとここを去ってやろう!!
「ちょっと待てよ、お前!!」
「えっ？　もしかして伝えてくれないとか言わないよね？」
「伝える伝えない以前になんでジャガイモ……」
　は？
　頭悪いな。
　やっぱり私の顔面偏差値より、キミの頭の偏差値のほうが低いんじゃないの？
「ジャガイモが必要だからに決まってるでしょ!!」
　そう叫んだ時、
「弘樹!!　どうしたんだ!?」
　聞き覚えのある、やんちゃな声が……。
「あ、平太さん!!」
　だよね、やっぱりね〜。
　まぁ私からしても救世主……。
「平太さん！　なんか飛鳥さんの追っかけみたいな女がジャガイモなんです!!」
　んなわけあるか!!
　私がジャガイモだと!?
「はぁ？　ジャガイモが飛鳥を追っかけてる？」
　ダメだ……。
　平太ダメだわ……。

「違うよ平太!!　私だよ、七彩だよ」

目立つ赤髪にそう言うと、平太は私に視線を向けた。

そして、あっ、と声を漏らす。

「七彩じゃねぇか!!　なんでいるんだ!?」

平太がパァァァアと顔を輝かせると同時に、弘樹の顔に戸惑いが生まれる。

「え……？　平太さん、もしかして……このジャガイモ女と知り合い……？」

コイツが？

俺たちの誇れる幹部の知り合い？

とでも言いたげな顔だ。

おまけに私を指で差しながら。

人に指を向けちゃダメだって教えられなかった？

そんな弘樹を気にせず、平太は私の背中をバシバシと叩いた。

「おうよ～!!　七彩は俺のダチだ!!　同じクラスなんだよ!!　マジでいい奴だからな～。地味だけど」

「平太……」

痛い。背中が。

そして、私は地味じゃない!!

「なっ!?　そんなわけ……」

弘樹は私と平太を交互に見る。

「ほんとだよな、七彩？」

「まぁ……友達で同じクラスってことだけは本当かな」

「だよな、七彩！　俺たち仲よしこよしだよな！」

「えっ、それは否定したい」
平太が私を睨む……んだけど、すぐに仔犬みたいな目をされた。
え〜。
私が悪いの〜？
「じゃあコイツが飛鳥さん……総長への言伝(ことづ)てを頼んだ上に呼び捨てにしてたのは……」
「あっ、七彩、もしかして飛鳥に用事だったのか？　俺に連絡しろよ〜!!」
平太は私の頭をわしわしとした。
いやいや？
私、平太のメアドや電話番号なんて……。
「俺、この前、入れておいたからさ〜！」
「は？」
入れておいた？
私の携帯に？
平太のメアドを？
私は、すぐさま今じゃアナクロとなったガラケーを開き連絡先一覧を見る。
そこには、【ヘイタ】と片仮名で書かれたメアドと電話番号が登録されていた。
「なんでまた勝手に……」
いつ登録したのか、まったく見当もつかない。
そもそも、年ごろの女の子の携帯を勝手に開くなんてどうかしている!!

「しっかし使いにくかったな〜。ガラケーなんていつの時代だよ〜」

全国のガラケー使用者に謝れ。

ガラケーはいいよ!?

画面も汚れないし文字も打ちやすいし!!

THE・携帯って感じがするでしょ!?

「で、飛鳥に用なんだっけ？　倉庫の中で遊んでるから入ってけよ」

平太は私の背中をポンポンとして、倉庫へ誘う。

「ちょっと待ってくださいよ平太さん!!　そんな得体の知れない女、倉庫に入れるなんて」

と、そこで弘樹が食ってかかった。

まぁ気持ちはわかるけど。

疑うことは大事だしね。

もしかしたら私が超ケンカ強くて、誰でもぶっ飛ばせちゃう可能性だってあるもんね。

……ないけど。

私はそう、ふざけ半分で考えていた。

だって疑われるのは仕方ないし。

だけど、平太は違ったみたいで。

「あぁん？　弘樹、お前……今なんつった？」

平太は弘樹に掴みかかった。

「……うっ」

「なんつった？って聞いてんだよ」

いやいや待て待て？

「な〜にやってんの!!　バカ平太。暴力禁止ッ!!」
　私は弘樹を掴んでいる平太の手をほどくと、平太の頭をペシッと叩いた。
「何すんだよ七彩!!　お前、超バカにされたんだぞ!!」
　平太は私と同じくらいの背だ。
　顔と顔が近づく。
　怒ってるなぁ。
　てか、眉毛なくて怖い。
「弘樹の言ってることは正しいから。疑うことは大事だよ。今まで飛鳥の彼女が超美形だったなら、なおさら」
「別に俺は……っ」
　弘樹は私が庇(かば)ったことが驚きだったのか、急にアワアワしている。
「ほらほら、私は飛鳥に用があるの。倉庫に入れたくないなら、伝言してくれる？」
　弘樹にそう声をかける。
　弘樹はうつむきながら、首を横に振った。
「……いいよ。お前、倉庫に入れよ。……ジャガイモを頼んだら早く出てこいよ」
　どこまでも小学生だな。
　ちっちゃいし、なんでそんなに強気なのか。
「弘樹、ありがと。すぐ出てきてあげるから」
　ふんっと私は弘樹に背を向けると、倉庫へ歩き出した。
　その時、
「俺、言っとくけど中学３年生だから。背はちっせえけど。

来年には高校生だから。お前、俺のことどうせ小学生とか思ってるんだろうから言っておくけどな」

弘樹の憎たらしい声が聞こえた。

私はゆっくり振り向くと、その声に返した。

「来年、でしょ。なってから高校生って言いなさい。ガキ」

「は!?　クソ七彩!!」

なんで呼び捨てにしてんの!?

ったく、年下のくせに。

けど、ヤンキーなのに、なかなかかわいいと思ったのも事実だったりする。

突然の来客

【飛鳥side】

「そーちょー!!　総長にお客さん来てますよ!!」

　仲間の声がする。

　俺に客？

　誰だよ、面倒くさい。

「どこの族の奴か知らんが、同盟なら千尋を通せって言っとけ～！」

　そういうのは全部、千尋の担当だ。

「いや、違うんすよ。女が来てるんですよ。なんか総長に用事があるって」

　はぁ？

　女？

「どうでもいい。俺は今、女に興味ないから追い出しといて」

　最近は、面白い奴が増えたからな……あの女で十分だ。

　今日もこのあと家で幹部で集まるが……。

　アイツも加わらせてやろう。

　無理やり。

「えっ、総長。女に興味ないなんて……もしかしてあっちに興味が……いでっ」

　俺は目の前にいた奴を軽く叩いた。

　アホか。

　男になんてさらに興味ねぇよ。

「えっでも、女に興味ないって」
「お前それ以上言うと、ババがどれか、みんなに言うぞ」
「えっ？　総長、ババの場所わかってるんですか!?」
「俺の洞察力なめんな」
……そう、今はトランプでババ抜き中。
だから、忙しい。
無理、女なら帰れ。
それか直に相手してもらえ。
「今、総長は手が離せないって言ったら、伝言を頼まれたんすけど……」
「あ～？　面倒くさい。お前メアドとか預かってきたんじゃねえよな？」
「あ、預かりました」
はぁ!?
マジかよ。
何ちゃっかりメアドなんか預かってんだよ。
めんどくせぇ。
マジで今は間に合ってるから。
「えっと……絶対に伝えろって言われたんで、言いますよ？」
なんだその、絶対って。
「勝手にしろ」
「これが不思議なんですが……」
不思議？
俺はババ抜きの途中だったが、そいつに向き直った。

「ジャガイモ、だそうです」

「はぁ？」

　俺の口からマヌケな声が出る。

　だって仕方ねぇじゃん。

　ジャガイモってなんだよ。

「ジャガイモ、買ってきてね。って言われたもんで……。すみません」

　なぜか謝るそいつ。

　ジャガイモ……じゃが……。

　あっ!!

「おい!!　その女どんな奴だった!?」

　俺の中には１人の候補が浮かんだ。

　あとはその女と、そいつの特徴が一致すれば……。

「ん～と、そうですね、真っ黒な髪をポニーテールにしていました。あっ、どこかのバイトなのか、黒いエプロンつけてましたよ!!」

　真っ黒な髪。

　黒いエプロン。

「やっぱアイツか！」

　俺はトランプを放り出して立ち上がる。

「え？　え？　知り合いですか？」

「あぁ、そのメアドが書かれた紙、よこせ」

　俺はそいつの手からメアドが書かれた紙を奪い取ると、駆け足で倉庫を出た。

「ジャガイモ、って……。あ～もう、名前を言ったら気づいたのに」

　メアドの書かれた紙にはご丁寧に電話番号も書いてあり、その下には伝言をしなかった時のためか、しつこいくらいにジャガイモと書かれていて、

【遅くならないように】

　とも書かれていた。

　俺はその紙に書かれている電話番号に急いでかける。

　プルルルルルルと、鳴る無機質な音。

　少しイライラしていた。

　なんでアイツ、黙って倉庫に来たんだよ。

　なんで名前を言って俺のとこに来てくれないんだよ。

「ヤンキー嫌いなのに、大丈夫なのかよ」

　俺の呟きは、誰にも聞こえていない。

任務完了

──プルルルルルル。
私のアナクロな携帯が震える。
表示されたのは『080──』と、登録していない番号。
基本そんなのは無視に決まっているけど、さっき飛鳥に電話番号を教えたから飛鳥からかもしれない。
「もしもし……」
なんの用だろう？
今後のためと、もしもなんかあった時のために、一応メアドと電話番号を書いた。
まさか、こんなすぐにかけてくるなんて。
まだ倉庫を出たばかりだよ？
《もしもし、七彩？》
「そうだけど、どうしたの」
電話番号が書いてあったから電話しただけ～とかだったら怒るよ。
《今どこ》
「は？」
《今どこって聞いてんの》
「え？　倉庫を出たところ……」
《今、行くから待ってろ》
──ブツッ!!
……は？

え？

なんで来んの？

倉庫を出たところだし、まだヤンキーがまわりにいるんだけど？

弘樹も平太も、もうどっか行ったみたいでいないし。

ここで待ってろって正気ですか。

「七彩！」

後ろを振り向くとダッシュしてくる飛鳥。

えっ、なんでそんなに必死で走ってるの。

どうしたの。

「ジャガイモ、買うんだろ？」

「あんたがね」

私じゃないよ、飛鳥が買いに行くんだよ。

「俺も行く」

「いや、だから飛鳥が行くんだよ」

物騒だから……という理由で私は行っちゃダメって言われてるからね。

「察しろよ、一緒に行くぞって意味」

わかんないよ!!

なんだそれ。不器用か。

「……まぁいいや。一緒に行こうか、飛鳥」

私、このあと手伝いくらいしかすることもないし。

「おう、じゃあバイク取ってくるわ」

「は？　バイク？」

私、バイクなんて持ってないけど……？

「乗せてやるよ」
「却下!!」
　怖すぎる!!
　絶対スピード狂でしょ。
　なんでわかるのかって？
　もちろん勘だけど!!
　すると、飛鳥はスタスタと歩いていき、そばにあった大量に停まってるバイクの１つを押してきた。
「却下もクソもねぇんだよ。はよ乗れ」
　うわぁぁぁあ!!
　飛鳥が睨んでくる!!
　脅されている!!
「……よりによって、なんで人生初のバイクが飛鳥の後ろなの……」
　私はブスッとしながらバイクによじ登る。
「はぁ？　俺の何が不満なんだよ。誰ならよかったわけ？」
「えっ、彼氏とか」
「乙女じゃん」
「いいじゃん別に」
「ふ〜ん、だったら俺と付き合っ……」
「まぁ、そもそもバイクとか乗る人なんか、あまり好きじゃないけど」
「今の俺の言葉は冗談だからな」
「はぁ？　なんか言った？」
「別に」

ふうん、なんかよくわからない。
バイク乗る人が苦手っていうか、バイクをブインブイン言わせてるヤンキーが苦手っていうか。
あっ、そうそう。
私の目の前にいる、こんな感じの人とかね。
そう思っていることバレたら殺されそう……。
ところが、飛鳥の運転は思ったより安全。
私が乗っているからかな？
もしそうだとしたら、飛鳥って優しいかも、なんて思ったりね。

「ついたぞ」
「はや!!　やっぱスーパー近いんじゃん」
涼子さん、そんなに心配なのかな……？
私１人でも平気なのに……。
「っていうか飛鳥、安全運転だったね？　なんか……ありがと」
そう言うと、お礼に驚いたのか、飛鳥は私の頭を上から押さえつける。
て、照れ隠し……だったりする？
飛鳥は、私の頭をわしゃわしゃとしながら言う。
「勘違いするな、バカ七彩。ここでスピードなんか出してみろ。バイクは俺たち１台。もし捕まったら撒(ま)けるわけないからな。バ～カバ～カ」
「は……？」

なんだコイツ!!

せっかく人がいい奴かもって思ったのに！

髪わしゃわしゃしないでよ！

髪型が崩れるじゃん！

「まぁとりあえず、買いに行くぞ。ジャガイモが待ってるからな」

それ、キメ顔で言うセリフなのか。

冗談でも笑えないぞ、ジャガイモが待ってる……とか。

「……今、行く」

まぁ、飛鳥らしくていいけど。

私は飛鳥のあとを追いかけて、スーパーに入った。

「ただいま」

「ただいま戻りました～!!」

２人で家の玄関を開ける。

すると、涼子さんがドタドタドタとすごい音を立てながら１階に下りてくるのがわかる。

「２人で買ってきたの!?」

スーパーの袋を２つ持つ飛鳥を見て、目を丸くさせる。

てか飛鳥、お菓子買いすぎ……。

もはやジャガイモがついで。

「七彩がなんか、倉庫に来たから」

私は飛鳥に買ってきてって言ったんだよ？

まぁ別にいいけど……なんだかんだ私の好きなチョコも買ってくれたし。

「ほらよ、チョコとジャガイモ。俺、部屋に戻るから。晩飯できたら呼んで。アイツら呼ぶから」

　飛鳥はそう言うと、脱いだ靴も揃えずに階段を駆け上る。

　私は渡されたジャガイモとチョコを見て、なぜか心がポカポカして。

「涼子さん、うんとおいしいヤツを作ってやりましょう!!」

　おいしいって言わせたくなった。

第4章

大魔王と対談

そんなこんなで精いっぱい作った大量のカレー。

「七彩ちゃん、ご飯が炊けるまでお風呂入ってきていいわよ～。たぶん飛鳥の友達も泊まってくし、混む前に、ね？」

そう言った涼子さんに甘えて、私はお風呂に入ることにした。

湯船(ゆぶね)にそっとつかると、１日の疲れが取れる。

「今日もいろいろあったなぁ……」

ここに来てから、一番濃い１日だった気がする。

「なんだかんだ暴走族の倉庫も見られたし。今後なさそうな体験をしたなぁ」

ヤンキーは嫌いだし、関わりたくないけど、なんか貴重な体験した。

「暴走族、か……」

今日、初めて見た、たまり場。

大嫌いで関わりたくもなかったヤンキーに囲まれてイヤだった。

でも千尋や平太や、帰り際に飛鳥が来てくれた時、ホッとしたのはなんでだろう。

安心するのなんて、なんかの間違いだ……。

その時、

『お邪魔しま～すっ』

『あっ、涼子さん、これつまらないものですが』

『お腹すいたな〜』

玄関のほうから、みんなの声がした。

「もう来たのか〜。私も早く上がっちゃおう」

私はせっせと体を洗うと、お風呂を出た。

そのまま脱衣所で体を拭く。

「というか、みんな泊まるんだっけ？　どこで寝るのかな？」

やっぱリビング？　飛鳥の部屋？

雑魚寝ってヤツかな？

うわぁ、飲み会後のおっさんみたいな光景が見られちゃうんじゃない？

「……私は、何をしてようかな」

今思えば、こんなに早くお風呂とかも終えちゃったわけで、夜は暇だ。

もちろん寝ることも好きだけど、早く寝ることなんてできないし。

「あの学校でテスト勉強が必要なのかもわからないから、勉強もやる気が出ないな〜」

私ははぁ、とため息をつくと、水色のルームウェアを着て、リビングへ向かった。

ガチャッ。

リビングのドアを開けると、カレーの香ばしい匂いと。

「直、スプーン出せ」

「おい!!　飛鳥のほうが肉多いぞ!!」

「俺んちだから文句を言うな、平太」

　騒がしい５人が。
「七彩ちゃん、お風呂あがったんだ」
　にこっと私に笑いかける千尋。
「あ、うん……」
　千尋はこんなにも優しそうなのに。
　初日のあの衝撃が消えない。
　だって、あのスキンヘッドを吹っ飛ばしてたんだよ!?
　いつになったら、私は千尋を普通の優しいお兄さんと見られるようになるの!!
「おい、七彩」
　うなりながら考えていると、咲人に呼ばれる。
「ん？　あ、ごめん。なに手伝えば？」
　てっきり私も手伝えってことかと思って、そう尋ねる。
　けれど、そうではなかったみたいで、咲人はいぶかしげに眉をひそめる。
「ちげぇよ!!　俺は、その……っ」
「えっ、なになに」
　咲人が珍しく口ごもるし、私に顔を向けるし……。
　なんなの？　いったい。
「あ〜、なるほどな」
　その時、飛鳥は何かに気づいたのか私の手を掴む。
「えっ」
　何って聞こうとした時にはグイッと手を引かれ、リビングを出ていた。
「えっ、待って待って。なになになになに!?　止まって？」

　そう叫んでも何も言おうとしない飛鳥。
「もうっ!!」
　思わず飛鳥の膝(ひざ)に、
「止まれって言ってんの！」
　カクンッ。
　膝かっくんをした。
「〜〜〜〜っっ!!」
　なかなかきいたようで。
　いやぁ、だってキレイに入ったからね。
　あはは……。
　ごめん飛鳥。
　こんなにキレイに入るとは思ってなかった。
「〜〜っ、な、にすんだよ!!」
　相当きいた模様。
　飛鳥はこっちを睨みつけてくる……が。
「あはははははっ!!　涙目!!　涙目になってる!!」
　私は指さして笑った。
　いやいや、だって恐ろしい総長さんが膝かっくんで涙目って……。
　このネタ、誰に言おう。
　……腹黒そうな千尋にしよっかな〜。
「七彩……お前なんか黒いこと考えてねぇ？」
「いやいや、まったく？」
　涙目になっても鋭い……。
　まぁ私は悪くないかな〜？

何も言わずに引っ張る飛鳥が悪い。

「……俺に膝かっくんするのなんて、どこ探しても七彩だけだな、きっと」

フッと笑う飛鳥を見て殴り飛ばしたくなる。

「あれ〜、それは、俺のことが怖くてそんなこともできねえ〜みたいな自意識過剰タイプですか？」

「お前っ、ほんっと腹立つな」

そりゃこっちのセリフ。

「まぁいい。入れ」

そう言われてポイと投げられるように入れられたのは、さっきまで私がいた洗面所。

んん？　洗面所？　脱衣所？　風呂場の前？

そんなところです。

「ここ座れ」

あまりにも睨みつけてくる飛鳥が怖かったので、大人しく従う。

……さっきの膝かっくん、絶対根に持ってるな……。

目つきがヤンキーだもん。

あ、ヤンキーだったか……。

すると、飛鳥は洗面台の上にある棚をガタガタといじりはじめた。

「……何すんの？」

私が連れてこられた意味がわからない……。

――ブォォォオオオオオオオオ。

「……きゃっ」

すごい音とともに私の頭をワシワシとする飛鳥。

いや、表現がおかしかった。

これは、きっと。

「……髪、乾かしてくれてるの？」

「見りゃわかるだろ」

そう言うと、飛鳥はプイッとそっぽを向く。

え〜、照れてる？

鏡越しにしか見えない飛鳥。

でも、その表情は微妙に見えない。

「……」

「……」

ブォォォオオと、ドライヤーの音だけがする。

私の髪に指を通す飛鳥の手の動きが、なんだかくすぐったい。

思わず頭を少し振った。

「猫かよ」

「違う」

くすぐったかっただけだもん。

「キレイな髪だな〜〜」

そう言って飛鳥は私の髪を１束すくうと、サラサラと上から流す。

「……っ」

そう褒められると、すっごく恥ずかしい。

「……本当に天然の黒って感じ。……染めたことねぇだろ？」

「……当たり前。まだ高校１年生やってるの」

「平太とか真っ赤じゃねえか」

「あれは例外でしょ」

あんな真っ赤な髪。

何に憧れたのかわからない。

戦隊もののヒーロー？

「……そういう飛鳥も真っ黒じゃん」

「まぁな……」

「ヤンキーのくせに」

「俺、これでも染めてんだよ」

「は？」

私は思わず振り返る。

「うわっ、いきなり振り返るなよ、ヤケドするぞ」

慌てる飛鳥の髪はどう見ても真っ黒。

「えっ、あ、ごめん」

とりあえず前を向く。

「……そんなに染まりにくい髪なの？」

染めているなんて、んなアホなって感じに真っ黒だ。

「……違う。黒に、染めてんだ」

「はぁ？」

黒染めしたの？

なんのために？

染めてないんでしょ？

「地毛が、茶色いから。……黒がよくて、染めた」

「ヤンキーで不良のくせに、黒がいいなんて意外」

「黒のがカッコいいだろ？」
「ヤンキーで不良で暴走族の総長のくせに、センスいいね」
「褒めるのか、けなすのかどっちかにしろよ」
「褒めてるよ。ヤンキーで不良で暴走族の総長で、自意識過剰野郎なのに黒髪だなんていいと思う」
「ぶっとばすぞ、お前」
　飛鳥は私の髪を軽く引っ張る。
「うっわ！　痛い！　レディーの髪を引っ張るなんて」
「お前のどこがレディーだよ……もういい」
　ため息をつく飛鳥。
　ふざけすぎたかな？
「ねえ、怒った？」
　私は下から飛鳥を覗き込む。
　といっても、私は座ってて飛鳥は立ってるわけだから、かなり距離はあるけれど。
「〜〜もういいっ」
　下から覗き込んだ私の頭をグイッと下に向けると、また私の頭をわしゃわしゃと乾かしはじめた。
「もっと優しくしてよ」
「カレー冷めるから。早く済ませようと」
「あ〜、お腹すいた。早くしてね」
「……お前なぁ」
　そこから私たちに会話はなく、ドライヤーの音だけが洗面所に響いていた。

「「「いただきま～すっ」」」
　あれから髪を乾かし終えた私は、騒がしい５人と涼子さんとカレーを食べはじめた。
「んまっっ!!」
　直がパァァァアと顔を輝かせながら言う。
　なんかうれしいな～！
「確かにうまいな」
　咲人も手を止めることなくカレーを口へ運ぶ。
「あら～、咲くんも気に入った？」
「はい、さすが涼子さんですね！」
　私は２人の会話を聞きながら、涼子さんは咲人のこと、『咲くん』なんて呼ぶんだ～へぇ～なんて考えていた。
　その時、涼子さんの手が私の肩に乗る。
「今回作ったのは、私じゃなくて七彩ちゃんよ」
　うふっ、とご機嫌な涼子さん。
「は？　マジで？」
「なんかなんもできなそうな顔してるのに」
　咲人、すっごい失礼!!
「涼子さん、私はあくまで手伝っただけで……」
「あら、カレーは七彩ちゃんに任せたはずだけど？」
「それはそうですけど……」
　そうなのだ。
　他の料理は涼子さんが作り、カレーは私が担当した。
「うまいって言ったの撤回する」
「うわっ、咲人は本当に性格悪いね？」

「七彩も性格悪いの相当だろ」

「うっそだ～」

　これでもそのカレー、頑張って作ったんだから撤回はしないでほしい。

「「ごちそうさまでした～」」

　キレイに空っぽになった鍋と炊飯器。

　男子高校生の食欲には感心する。

「よっし、上でゲームしようぜ!!」

「え～、じゃあ僕は先に風呂に入らせてもらおうかな」

「……上に行くのめんどくせえ」

「もちろん七彩チャンも一緒に遊ぶでしょ～～？」

「はい!?」

　私も!?

　直は何を言ってるんだ!?

「ど～する七彩」

　飛鳥はゴソゴソとお菓子を漁りながら言う。

　あれだけカレー食べたのにまだ食べるのか……。

「私はパス」

「なんでだよ!!」

　いや、怒らないでよ……。

「あんたたちの皿洗いとかあるからね」

　一応、居候の身ですから。

　やれることは、やらなきゃ。

　ご飯までもらって。

働かせてもらっていて。
「……わかった？」
とか言い訳しておきながら、じつはただ単に面倒くさいだけなのもある。
ゲームでしょ？
そんなん、ほとんどやったことないし。
「七彩チャン、俺たちも手伝おうか～？」
「いや、いい。邪魔しかしなそう。とくに平太と直」
平太とか、いろいろ叩き割りそうだしね。
「ひど～い七彩チャン」
直は１人でひたすらしゃべって手伝わなそうだし。
「俺なら、いいのか？」
「は？」
その時、意外な奴から声がかかった。
「は!?　咲人!?」
平太なんか口をあんぐり開けている。
けど、その気持ちもわかる。
「……何かたくらんでる？」
それしか考えられない。
「手伝ってやろうと思って」
いや、ほんとどうしたの。
咲人が何を考えているのかわからない。
じっと、咲人を見つめてみる。
……あぁ、そういうことか。
コイツ、私に言いたいことがあるんだ。

　そんぐらい、私を見る目つきがイカつい。
「……いいよ、他は邪魔だから上に行ってね」
　そして私はキッチンへと向かった。
　私のあとを追いかけてくる咲人。
　みんなもう3階へ行ったようで、私と咲人だけになる。
　私はスポンジに洗剤を垂らすと、もふもふ、と泡立てる。
　咲人は何も言わず、何もせず、私のすぐ横に突っ立っているだけ。
「……で、何？」
　私は皿を1枚手にして、洗いはじめる。
「何……って。俺は手伝ってやろうかと」
「嘘つき」
「なんでそんなことわかるんだよ」
「手伝う気があるなら、食器拭きくらいはしてくれるもん」
　残念ながら、私には表情や雰囲気とかで、すべてを察することはできない。
　さっきのは、あまりにも目が鋭かったから気づいたけど。
「言ってくれなきゃ、私は何もわからないから」
　だから、言いたいことは言ってよ。
　ちなみに、絶対に姫になるなよ……なんて忠告は受けません。
　もとからそんな気がないからね。
「何を言ってもいいからね。もとから咲人にいいイメージはないから、何を言っても落ちないからね」
「ほんとお前、本心で話すよな」

「きっと今から咲人が私に話す内容からすると、私も正直に話すべきだと思って」
「俺が言いたいことがわかるのか？」
「まったく」
　そんなのわかるわけない。
　エスパーじゃないんだから。
「なんとなく、だよ。だから早く話してよ。食器を洗っている間だけなら聞くからね」
「あぁ、じつは……」
「あっ待って。その前に食器拭きしてね。それしながら話そう」
「チッ」
　うわっ、舌打ちされた!!
　食器拭きくらいしてよ〜。
　それか遮ったことに舌打ちかな？
　キュッキュッと音をさせる皿。
　その音がはじまりの合図だったのか……。
　咲人は口を開いた。
「お前さ……飛鳥のこと好きなの？」
「は？」
　なんだいきなり。
　まさかそんな話とは思わなかった。
「……恋愛の、という意味で好きなのか聞いてるなら違うけどなんで？」
「は？　違うのかよ」

いや、なんでそうなるのか……。
だって、そんなに話したことないよ？
初めて会ってから２ヶ月はたっているけど、会話したのなんて数えるほどだよ？
その状況で恋愛感情は芽生えないよ。
「……じゃあ質問変える。……輝夜のこと、どう思ってる？」
咲人と目が合う。
あぁ、こっちが本題だなって思う。
「悪いけど、わからない。でも……好きでないことは確かかな」
そう言った瞬間、咲人の眉間にシワが寄る。
好きになれない。どうしても。
これは仕方のないことだと思う。
輝夜という暴走族に自体、あまり関わったことないしね。
「でも、個人個人はわりと好きだよ」
「え？」
「平太とか、明るくて話してて楽しいし。飛鳥も、俺様だけどいいところあるし」
「じゃあ、なんで輝夜は……」
「それとこれとはまったく別物だからね。だから私は暴走族の飛鳥たちが好きじゃないしね。……好きなのは、普段の飛鳥たちかなぁ」
「……っ」
咲人は目を見開いた。
「……お前が、そんな考えを持っているから、みんな、お前のことを認めてるのか」
「そんな考えってどんなかわからないけど。認めてるって言い方もなんかあれだよね、上からでムカつく」
　咲人は、私のことを疑ってるんだ。
　チームを傷つける奴じゃないかって思っているんだ。
　確かに無口で感じも悪いし女嫌いだけど、友達思いなところもあって、いい奴だと思う。
「……なぁ、飛鳥のこと、どう思う？」
「どう思うって、さっきと同じ意味なら私は別に……」
「その可能性は、あるのか？」
　……なんでコイツは、なんでもかんでも恋愛の方向に持っていきたがるのか。
　これじゃ、女子の恋バナと変わらないじゃん。
「……可能性は、あるかもね？」
「……っ、それは、そういう対象として見てるってことでいいのか？」
　咲人は私に詰め寄る。
「少なくとも、今はないけどね」
「は？」
　ん？
　え？　何そのびっくりした顔。
「……可能性はあるって」
「ん〜、なきにしもあらずだよ」
「つまり？」
「今はないって言えるけど、今後好きになっちゃうかもしれないじゃん？　もしかしたら、明日隕石が降ってきてみんな死ぬかもしれない。もしかしたら、私が明日そこらへんのおじさんと恋に落ちちゃうかもしれない」
「……そんなこと、ありえんのか？」
「いや、ないと思うけど。でも、絶対にない、とは言いきれないでしょ？　そんな感じかな〜」
「つまり、飛鳥のことを男として好きになるのは、隕石が落ちてくるくらいの確率ってわけか」
「そこまでは言ってないけどね〜」
　隕石が降ってくるのも予測できないけど、恋愛も気持ちの問題だから予測できない。
「ただ、もしも私が誰かを好きになって、それが飛鳥とか輝夜の人とかそのへんのおじさんだったとしても、……絶対に邪魔はさせない」
　咲人は私の言葉に少しびっくりしていたけど、納得したのか、ふぅん、と言ってお皿を拭くのを再開した。
「まぁありえないけどね〜」
　念を押して、私は咲人が拭いた皿を棚に戻す。
「お前、マジでなんでそんな考えができるわけ？」
「えっ、変かな」
「……なぁ、なんでお前ってそんなにヤンキーのこと……」
「あっ、もう皿洗い終わっちゃった。話はここまでね。私は部屋に戻るから〜」
「うっざ」
　もともとそういう約束だったじゃん。

チッと舌打ちをして、階段を上がっていく咲人。

その背中を見ながら、私は手首につけていた黒いゴムを使い耳の下で髪を２つに結わく。

「ふ〜っ。なんか、眠いな〜」

いろいろあったからな〜。

私は１人う〜ん、と伸びをして階段を上がった。

咲人が聞きたかったこと、わかっていたけどわざとはぐらかした。私が彼らに、お母さんの話をする日なんて……こないと思ったから。

一夜限りの復活

「……何してんの」
　階段を上がって一番遠くの部屋。
　そこは私の部屋のはずなのに、
「やっほ〜七彩チャン。食器洗いお疲れサマ〜」
「七彩ってやっぱ部屋キレイにしてんだな‼　ベッドもふかふか〜。ピンクだけど」
「お前マンガねぇの？　マンガ」
「いや、だから何してんの？」
　なんで輝夜のみんながいるの。
「いいだろ〜？　もともとこの部屋は、俺らの幹部室だったんだし〜？」
「俺ら行くところねぇんだよ……」
　いや、待て。
　直の発言は確かに正論だ。
　だけど平太の今の言い方、なんか捨てられた子みたいだ。
　笑っちゃう。
「で、何してんの」
　いや、もうほんとに。
　遊びたいなら飛鳥の部屋に行けばいいし、狭いならリビングに行けばいい。
「やっぱここが落ちつくんだよな‼」
　まぁ気持ちはわかるけど。

「……私、眠いから寝たい」
「寝れば？　ここで」
「飛鳥、バカじゃないの。なんで男ばかりのところで寝なきゃいけないの」
「誰もお前なんて襲わないから安心しろ」
「アホか。怒るよ」
　引き下がらない飛鳥。
　輝夜のみんなも動きたくないのだろう。
「じゃあ飛鳥のベッドで寝る」
　もうこれが一番だ。
「は……？　お前、男のベッドで寝るって意味わかってんの？」
　飛鳥はすごい勢いで睨みつけてくるけど、何。
　意味？
　そんなの、とくにないよ。
「……俺もそのベッドで寝るんだが？」
「はぁ？　そんなん許すわけないでしょ。私が寝たら飛鳥の部屋は立ち入り禁止〜」
「それはふざけすぎだろ。俺どこで寝るんだよ」
　はぁ？　というように飛鳥は首をかしげている。
　あっ、なんかその仕草、不良っぽくなくてかわいい。
　じゃなかった。
「え？　ここで寝ていいよ。どうせみんな泊まるんでしょ？この部屋のが広いし。雑魚寝しやすいじゃん」
「あ〜なるほど。それはいいかもな。一夜限りの部屋交換ってことか」
「そ～そ～」
「ふぅん……」
「じゃあ私、もう寝るから」
入浴中で今ここにいない千尋には、あとでみんなから説明してもらおう。
会わないで勝手に寝るのもあれだけど。
「お～七彩チャン、おやすみ～。ポニーテールもいいけど、2つ結びもいいよ！」
さっきのこと、みんなはどこまで咲人に聞いたんだろう。
……まあ、関係ないか。私が輝夜をどう思っているかなんて、みんな知っていることだしね。
暴走族じゃなかったら……、私はあの輪になんの気兼ねもなく入れたんだろうか。
眠かったのに少しモヤモヤとして、その日はなかなか寝つけなかった。

まさかの恋バナ

【飛鳥side】

　パタンとドアが閉まると、待ってましたと言わんばかりに直と平太が七彩の部屋を物色する。

「……バレたらキレられるぞ」

　そう言いつつも、何があるのかなんとなく気になってしまう。

　でも、俺も見たことないんだから見るな！

「そーいえばさー」

　直がどこから持ってきたかわからないが、アイスを食べながら言う。

　……ん？

　それ、冷凍庫に入れといた俺のアイスじゃね？

　アイス、風呂上りの楽しみなんだよ。

　なんで勝手に食ってんだ。

「ちょっと、飛鳥！　聞いてる？」

「あ？」

　やっべ、アイスのことで頭いっぱいで聞いてなかった。

「だから、飛鳥って七彩チャンのこと、どう思ってんのって話だよ」

「はぁぁぁあ？」

　それどういう意味で言ってる？

「……恋愛として……聞いてんのか？」

「当たり前～、今日は男子会だからネ～」
　いや、今日は男子会じゃなくて幹部会だ。
「でも僕も気になってたよ。飛鳥が自分のバイクの後ろに乗せたりするなんて、今までなかったからね」
「それは俺もめっちゃ驚いたぜ!!」
　……別に、イヤじゃなかったから乗せただけだけど。
　他に、意味なんてねぇし。
「……別に、深い意味はない」
「飛鳥と七彩チャン、お似合いだと思ったのに」
「いや、あんなゴリラとお似合いとかやめろよ」
「え？　飛鳥、少しうれしそうじゃない？」
「……ちげぇから！」
　なんでそういう流れになるんだよ。
　コイツら、からかっているだけだろ？
　そんな時、
「まぁ……恋愛として好きじゃないならいいんじゃない」
　咲人が、こういう話には珍しく口を開いた。
「アイツ、飛鳥との恋愛は隕石が頭上に落ちてくるくらいありえないって言ってたからな」
「は？」
　なんだそれ。
「……ムカつく、七彩のくせに」
　っていうか、そんな話……いつしたんだよ。
　……まさかさっきの？
　てっきり、輝夜のことについて話したのかと思っていたけど……。

「……じゃあ平太クン、頑張れ」

「は!?　なんで俺!?」

突然の直の平太へのエールに、俺も驚く。

「だって平太クン、七彩チャンのことちょこっと気になってるデショ？」

「はぁ!?」

平太は驚いているけど、顔が赤くなっている。

え、本当なのか……？

その瞬間、自分の中でとてつもない焦りを感じた。

七彩と平太が付き合ったらどうする……？

いや、どうするってどうもしねぇよな……？

それに、七彩が誰かと付き合うなんて想像できないし。

そもそも、俺ですらそんなに話す時間ねぇのに。

でも俺と比べて平太は七彩と同じクラスで、過ごす時間が長い。

俺、勝てるのか……？

勝てるのかって、俺は何を争おうとしているんだ？

頭の中がゴチャゴチャする。

「いや、俺は別に七彩のこと、クラスメートくらいにしか思ってねぇし……！」

「え〜、平太クン素直になりなよ〜！　七彩チャンと付き合いたいってちょっとは思ってるデショ？」

「……思ってねぇとは言わねぇけど!!」

「……ダメだ」

「ん？　どうした飛鳥」

頭は相変わらずゴチャゴチャしてるし、なんでかまったくわからねぇ。

でも……。

「七彩は、ダメだ」

アイツと付き合うなんて、絶対許さねー。

俺の発言に目をパチパチとして放心状態の平太と咲人。

俺自身も思わず飛び出した言葉に、驚いている。

けど、直はそうじゃないみたいで。

俺がこういう発言をすることがわかっていたように、俺と目を合わせてにんまりと笑う。

「飛鳥、やっぱそうなんだ？」

「……そうなんだ、とはどういう意味だ」

「はぁ!?　自覚してねぇの!?　俺でも今のでわかったぞ!!　もしかして……飛鳥って俺よりバカ？」

平太にバカと言われるなんて心外だ。

真顔で平太にバカ？　と言われたショックはかなりデカいが、わからないものはわからない。

「……飛鳥、七彩のことどう思ってんの」

咲人までかよ……。

どう思ってるかって、面白い奴だと思ってるし、姫にしたいって言ったこともあった。

今でもなってほしいと思ってるけど。

……姫じゃなくても、俺らといてほしい。

もっと言えば俺らのことを嫌ってほしくなくて、もっと知ってほしくて、もっと絡んでほしい。

それなのに、いざみんなと七彩が仲よくなってきたら、七彩が俺の家に住んでいることバラして牽制してみたり。

平太と七彩と付き合うなんて、想像しただけでモヤモヤするし。

……こんなことを考えてる俺って、なんかダサくね？

「飛鳥はもう少し素直になったほうがいいんじゃない」

それまで口を出していなかった千尋が言う。

「そんなこと言ったって、確かに七彩と平太が付き合うなんてイヤだし、アイツに一番近いのは俺だと思ってるけど」

「飛鳥……、お前そこまで言って、何が引っかかってるんだよ？」

咲人は、ため息をつく。

いや、だって……。

「俺さ、どこで七彩を好きになったんだと思う？」

「「「は？」」」

それだけがどうにもわかない。

だってアイツはどう考えても女子っぽくねぇし、ドキドキもねぇんだけど……。

強いて言えば、あるのは居心地のよさと小さじ３杯くらいの独占欲だけ。

「飛鳥、本当にわからないの？」

そんな千尋はわかっていそう。

俺よりわかるってなんでだよ……。

「そんなの、簡単だよ。だって飛鳥、最初から姫にするとか言ってたよね。……飛鳥は最初から、七彩ちゃんのことが気になって仕方なかったんだよ」

最初から……？

そう言われて初めて、自分が最初から七彩に執着していたのを思い出した。

「……まぁ、偽名を使って誤魔化そうとしたり、飛鳥に蹴り入れたりしようとする子なんていなかったからね」

「最悪だ……」

何が最悪かって、そんな時から自分はなんとなく七彩のことが気になってたこともだけど。

俺らのことが嫌いそうだから、姫になってほしいって七彩に言った。

でもそれは、ほんの少し違くて。

俺らのことが嫌いそうだったから、俺は、どうしても七彩に振り向いてほしかったんだ。

「……今からでも間に合うのか？」

平太とか他の男よりも振り向いてもらえるか？

それ以前に、これから七彩に恋愛対象として見てもらえるのか？

「間に合うぞ!!」

そう叫んだのは平太で。

「……七彩は、ヤンキー嫌いって言いながらも、俺らのこと見てくれてるから!!　アイツの人への気持ちに、偏見なんてねぇと思う。だから、今からでも間に合う!!」

「……平太、お前、俺にそんな言葉かけていいのかよ？」

　だってライバルかもしれねぇじゃん……？
「いや、俺、別に七彩のこと好きじゃねぇし」
「は？」
　そうなのか？
「でも、さっき平太……」
「そりゃ、誰だって女子と付き合ってみたいだろ!!」
　本当かよ？　遠慮してねぇだろうな？
「最初は七彩っていう女子の存在が近くてびっくりしたけど、今はやっぱ友達だなぁて思ってるし!!」
　そう言う平太は、本当にそう思ってるように普通の顔してるし、嘘はついてないみたいだ。
「飛鳥〜、それ以上平太クンに確認してると、さすがに女々しいからやめな〜」
　女々……!?
「め、女々しくなんてねぇよ!!」
「大丈夫」
　珍しく直は真面目な顔をした。
「お前と七彩チャン、お似合いだから」
　そう言って、その真面目な顔を崩してニカッと笑った。
「うるせー」
「あ？　飛鳥、照れてるのかよ？」
「咲人もうるせぇ……」
　照れてる、とか言われなくても自分でわかる。
　なんとなく、小恥ずかしいから。
「なぁ、飛鳥って何型？」

　突然、直が血液型を尋ねてきた。
「は？　B型だけど」
「マジで？　なんて偶然。おめでとう！　ゴリラはみんなB型らしいヨ〜！　飛鳥もオスゴリラになれる！」
「マジで面白くねえからふざけんな」
　七彩のこと、ゴリラとか言ってきたツケがまさかこんなところでくるとは。
「安心しろ飛鳥……!!　ゴリラは賢いらしいから、お前はゴリラじゃねぇ!!」
　いや、平太に言われたくねぇよ。
「でも七彩ってクッソ頭いいよな……。は!!　アイツってまさかゴリラ……」
　平太が真顔でそんなこと言うから、みんなして笑った。
「平太、お前、本当バカだよな？」
「平太クンみたいなよい子はもう寝ようネ〜！」
　結局、七彩のことしか話さなかった、幹部会という名の男子会。
　俺、明日からちゃんといつもどおり七彩と接せられるといいけど。
　なんか挙動不審になっちまいそう。
　俺は、緊張なのか七彩への気持ちなのかわからないが、ドキドキ鳴りっぱなしの胸がうるさいので、とりあえず、人を３回書いて飲み込んでみた。
　けど、まったく効果はなかった。

登校の甘いワナ

「ふわぁぁぁぁあ」
　大きなアクビをしながら起きる。
「……ん？」
　いつもと違うベッドの柔らかさに一度は首をかしげたけれど。
「あ～……飛鳥の部屋だったわ、ここ」
　思い出した。
　みんなが来たから飛鳥の部屋で寝たんだった。
　その時、
「おっはよ～!!」
　勢いよく開いたドアに、飛び込んでくる人影。
「ぎゃぁぁぁぁあああ!!」
　誰!?
「はよ～！　七彩!!」
「え、あ、おはようございます」
「学校、行くぞ。早く準備しろ」
「え、あ、うん……ん？」
　平太と飛鳥がなんでここに……。
　というかっ!!
　私まだ、寝起きじゃん!!
　パジャマじゃん!!
「入ってこないでよ!!」

　私は飛鳥の枕をブンと投げる。
「あっぶね〜な〜」
　しかし、飛鳥はそれを軽々とかわすと、
「早く来いよ。５分で準備しろ」
　そう言った。
「アホか。できるわけないし、このタコ」
　私は、べ〜っと舌を出した。
　私だって女の子だよ？
　準備時間は、もっとかかるって‼
「できる。七彩ならできると信じてる」
「信じられても困る」
「チッ……面倒くさ」
　はい⁉
　なんで舌打ちされたの……。
　飛鳥はため息をつきながら右手で前髪を掻き分けると、
「……とにかく早くしろよ。下にいるから」
　そう言い放って、部屋を出ていった。
　って、は？
「え……？　ちょ、なんて俺様な奴なの？」
　私は飛鳥のベッドから飛び下りると、イライラしながら髪を整える。
　強い言葉で指図するのは、暴走族のリーダーとして大切かもしれないけど……‼
　私は違うし‼
　昨日から枕元に置いていた制服に袖を通すと、この部屋には鏡がないことに気づく。

髪とか寝起きでボサボサだから、早く洗面所へ行って整えたい。

少し駆け足で洗面所へ向かっていると、目の前に大きな黒い物体が……って、

「うわっ」

避ける暇もなくぶつかった。

「わっごめんっ」

誰かもわからずに謝る。

「走ったら危ないよ、七彩チャン」

頭の上から降ってきた声に顔を上げると、

「あ……直か」

直もまだ寝起きなのか、いつもキレイにセットされている前髪がまだチョンっとはねている。

「おはよう七彩チャン。今日もかわいいね」

ニコニコと私に笑いかけてくる直。

「おはよう、直。直は今日もチャラいね」

「まぁね。俺のアイデンティティー」

チャラさがアイデンティティーって、残念ながら私にそのよさはよくわからない。

直の横を通りすぎようとすると、ジッと視線で追いかけられているのがわかる。

「……何？」

「いや……、七彩チャン、朝は大胆なの？」

「は……？」

　大胆って……何が？
「……七彩チャン……」
　そして、耳に極限に近づけられた口元がそっと囁いた。
「……ピンクのレース下着なんて、持ってるんだね？」
　そう微笑む直の視線を追うように自分のスカートを見ると、急いで着替えたせいか、めくれ上がっている。そうなると、もちろん丸見えなわけで……。
「〜〜っ、変態……」
「男はみんな変態なんだよ？　七彩チャンの下着の色、飛鳥に言わなきゃ〜」
「最低すぎる……」
　後ろ手で急いでスカートを直す。
　っていうか、なんで飛鳥にわざわざ言うの……。
「もしかして、一緒に住んでるから洗濯とかで……」
「ちょっと、からかってるでしょ！」
　直はニヤニヤしながら「バレた〜？」と言う。
「もう……」
　朝から疲れてしまった。
　よく眠れなかったからかもしれないけど。
「ねぇ七彩チャン」
「……お〜い！　お前ら何やってんの？　早く学校に行くぞ!!　遅れるぞ！」
　直の言葉を遮って、洗面所の角からチラッと顔を覗かせたのは平太。
「もう学校に行くの？　早くない？」

私まだ何もしてないし……？

「なに言ってんだよ七彩。もう出ないと遅刻だぞ」

「はい!?」

嘘でしょ!?

驚いて壁にかかっている時計を見ると、朝のホームルームがはじまる10分前。

間に合わない!!

「いやぁ、七彩、ぐっすり寝てたからな〜。いつもより1時間遅く起きちゃったんだな」

「うわぁぁあ、急がないと！　あ、ごめん直。話は今度でもいい？」

「ううん〜、たいしたことない話だから忘れて〜」

どうせ、また下着がどうのとかそういう話なんだろう。

直はせっかく大人っぽくてカッコいいんだから、チャラチャラしてなきゃいいのになって思う。

まぁ、アイデンティティーなら仕方ないけど！

髪をとかして適当に結ぶと、私はパンをくわえて玄関を飛び出した。

ドアを開けた先には、

「おせぇよ七彩」

飛鳥の姿があった。

「は……？　なんで飛鳥……」

「なんでって学校に行くからな。早くしろよ、俺まで遅れるだろ」

「え……？　あ、そうだよね、他のみんなは？」

「平太は、七彩が準備している間に走っていった。あとはみんな、サボりだ。昼前から来るだろ」

サボり……。

そうだった、平太以外はサボり魔なんだった。

というか、この時間は遅刻決定だな……。

携帯を開き、時間を見てため息をつく。

いいのかな、私って特待生なのに。

「珍しいね、飛鳥が朝から登校なんて」

「お前の寝坊も珍しいだろ」

「……なかなか、寝つけなくてね」

「部屋の外から声かけた時は、ぐーすか寝てたけどな。そんなに俺のベッドがよかったか」

「ごめん、ちょっとよく意味がわからない」

飛鳥は、そーかよと言って、なぜか私の手を引いた。

「……なんで、手を握るの？」

「急ぐために決まってんだろ、早く行くぞ」

飛鳥が走り出すと、私の足は自分の意思とは関係なしに前へ出る。

「……ちょ、っと……」

手、手、手……！

足に意識はない、手に全神経が集中しているみたいなんだもん。

本当に、本当にこういうことに慣れてないからどうすればいいのかわからない。

だって、普通こんなに簡単に手って繋ぐものなの？ そうなの？

完全にパニック。

しかも校門につくと、飛鳥は息切れする私とは裏腹に余裕そう。

「ギリギリ間に合ったんじゃね？」

飛鳥の言葉で急いで時計を見ると、ホームルーム開始２分前だ。

「うっそ……、奇跡だ」

正直、ここから教室までまたダッシュする気力なんてないけど。

「休憩してたら間に合わねぇよ、特待生」

飛鳥はそう言って私の背中を押す。

自分だって遅刻しそうじゃん……。

仕方ないからもう１回走った。

この日ほど速く走れたことなんてないし、この日ほど汗だくになった日なんて今までなかった。

それからというもの、輝夜の４人が泊まりに来ようと来なかろうと、私と飛鳥は一緒に登校するようになった。

今まで遅くに起きて毎日遅刻してた飛鳥の心境に、どんな変化が起きたのか謎。

というか、今まで同じところに住みながら、まったく顔を合わせていなかったのがおかしかったんだ。

私は自分のベッドに座って体をバウンドさせていた。

無駄に広い部屋。

　殺風景だな……。なんか置こうかな。
　ぼ〜っと考えていると、バンッという音とともにドアが盛大に開く。
「おい、七彩。俺、明日は日直で朝早いから」
「いや、いつも言ってるでしょ。ノックくらいしてよ」
　いつもこれ。
　一応これでも女なんだよ？
　着替えてたらどうするの？
「……七彩にノックなんていらないだろ。俺の家だし」
　正論のようで正論じゃないし……。
　飛鳥の家でも私の部屋なんだから……。
「……で？　わかったのか？　明日」
「聞いてたよ。明日は朝が早いんでしょ。了解」
　わざわざ言わなくても、朝起きて飛鳥がいなかったら気づくって。
　それに、毎朝たまたま同じ時間に家を出ているから一緒に登校しているだけであって、特別に約束なんてしていないし……。
　勝手に行けばいいのに……。
　飛鳥の意味わからない言動に首をかしげるけど、まぁいいか……。
「本当にわかってるんだろうな……お前もだぞ？」
「え？」
　私も？　朝早く行くの？
　……なんで？

「なんで、って顔してるな」

「ほんとだよ」

私、イヤだよ？　朝は苦手じゃないけど寝られるなら寝ていたいし。

「だってお前、毎日俺と一緒に登校してるじゃん」

「だから何？」

「俺に合わせろよ」

なぜかドヤる飛鳥を見て、ため息が出そうになる。

なんで合わせなきゃいけないの……。

「イヤだ。しかも一緒に登校してるのは、たまたま時間が被るからでしょ」

「は？　俺が合わせてんの気づけよ」

「え、嘘でしょ」

飛鳥、いつも私に合わせてたの？

なんで？　そんなに１人で登校したくなかったわけ？

「……ただでさえ目をつけられてるのに」

今まで平太と仲がよかったけど、それは昼ご飯を一緒に食べたり教室で話したりするくらいだった。

まぁ、何より平太は恋人というよりお友達になりたい感じなんだろうけど、飛鳥は違う。

飛鳥は総長なのだ。

こんな奴でも総長なのだ。

こんな俺様で自己中で性格が悪くても総長なのだ。

……女子から嫉妬がないわけがない。

まだ呼び出しリンチがないだけマシだと思う。

靴の中に画ビョウとか、ノートにめっちゃ落書きされるとかたまにあるし。

けど、確かに彼女たちの気持ちもわかってしまう。

飛鳥の彼女でもない私が、毎日隣を歩いて登校しているんだもん。

そりゃ、なんでだろうってなるよね。

「は？　お前、目ぇつけられたり、いじめられたりしてんのかよ？」

「いじめと言っていいかわからないけど……。靴の中に画ビョウとかならあるよ？」

そう言った瞬間、飛鳥を眉間にシワが寄る。

「立派ないじめじゃねぇか……。大丈夫なのか？」

「え？　気づいてなかった？」

結構、聞こえるように悪口を言われたりとか、明らかにわざと足を引っかけたりもしているけど。

飛鳥にはバレないようにしているのかな？

……うまいな。

「わかるわけねぇだろ。……学年も違うんだし……」

語尾がちょっとにごった。

口を尖らせている。

……子どもか。

「言っとくけど、あんたがまいた種だから」

私はベッドから立ち上がると、ドアのそばにいる飛鳥のほうへ歩き出す。

そして、飛鳥の目の前に立つと、

「いでっっ!!」

飛鳥のおでこに思いっきりデコピンをした。

「何すんだよ七彩！」

「……ちょっと、説教として」

「だから、なんで俺が」

「……一緒に登校してもいいけど、人の目もあるんだから。まさか、自分が人気者の総長さんって忘れてないよね？自分で言ってたもんね？」

「……だからなんだよ」

あ、やっぱり否定しないんだ。

このナルシスト……。

「……わかってるんだったら、私のこと、ちゃんと見張っててよね」

かわいすぎ

【飛鳥side】

『ちゃんと見張っててよね』

　少し弱々しい七彩を前に、初めて守ってやらなきゃって思った。

　七彩の気持ちに気づいた時と、七彩のことをどう思っているかの話の時に、俺と同じ目線で立ってくれるから好きなのかと思った。

　七彩のことは、かわいいから好き、というより居心地のよさと、それは俺にだけであってほしいという少し曖昧(あいまい)な気持ちだった。

　でもどうしよう。

　今、俺はコイツのこと、かわいいって思っている。

　少し震える背中ごと抱きしめたらダメだろうか。

　その自分の欲求に逆らうことなく、俺は七彩の背中にそっと手を伸ばした……。

　……ところが。

「ってことだから」

　七彩はそのまま、ススス ッと俺から離れた。

「……明日、一緒に行かない。早く起きるのイヤだし」

「は？」

　え……ちょっと待て？

　俺は行き場のない自分の手を見つめて我に返る。

さっきまでのかわいさ、どこ行った？

「……だからおやすみ。はい、もう出ていって」

トンっと七彩に押されて部屋を出ると、そのままドアを閉められた。

ドアの前、呆然と立ち尽くす俺。

「なんなんだアイツ……!!」

腹立つ!!

だけどなんか、

「……ヤバイって、なんか……」

元からない語彙力で今の気持ちを言い表すことなんかできない。それより……今の俺の顔、すごく赤いはず。

俺は顔を押さえながら、七彩の部屋をあとにした。

第５章

強制連行

「早く書けよ」
「先生の名前がわからないって？　わかるだろ普通」
「あ〜、早く帰りてぇ……」
　今、私はとてつもなくイライラしている。
　いやもう、ぶちギレていいと思う。
「おい七彩、早く……」
「うるっさいいいいいい!!」
　目の前で足を組んで頬杖をついているこの男に。
　私が今書いてやっている日誌は、本来この男が書くはずのものである。
　仕方なく！　書いてあげているのに……。
　文句言いすぎじゃない!?
「お前のせいで居残り食らってんだよ。このあとも仕事あるし……はぁ、どうしてくれんだ」
　いやいや、飛鳥のせいじゃん……。
　そう言って傲慢(ごうまん)男……飛鳥はスマホを弄りはじめた。
　飛鳥が私のせいだと言い張るのには理由がある。
　それは、
「俺は、お前のせいで朝、学校に早く行かなかったんだからな」
　なんとも理不尽。
「いや、早く行かなかったのはあんただし、どう考えても飛鳥が悪い」

なぜ私が悪いってなるの？

何がどうなったらそうなるの？

「七彩と一緒に行こうとしたら遅れた」

「だから先に行けって言ったじゃん!!」

そうなのだ。

この男、私をいつもよりうんと早く起こしてきた。

飛鳥のために早く起きて学校に行くなんてイヤな私は、それをガン無視。

そして、諦めたと思っていつもどおり起きてみれば、飛鳥が玄関で待っているという……。

だから朝、飛鳥が日直の仕事をやらなかった分が放課後にまわされた……。

ね？

私に非なんてないでしょ？

全部この自己中男が悪いんだから!!

と、思いつつも少しは悪いと思って、こうして日誌を書くのを手伝ってあげている。

実際、私は悪くないけどね？

「それに飛鳥、字汚いし……」

「うるせえよ、男なんてみんなこんなもんだろ」

ボソッと呟いた声が聞こえたみたい。

男なんて、って偏見……。

女子にも字が汚い人はいるし、男子にもキレイな人はいるからね？

まぁ、飛鳥は字が汚くて、難しめの漢字は書けない。
だからこうして私が書いているわけだけれど……。
「お前、俺のこと今バカって思った？」
「思ってないし」
「いや、似たようなことは思ってた」
「どんなこと」
「どうせ漢字が書けないとか思ってたんだろ」
……当たっている。
もうなんなんだ、いいじゃないか事実だし。
何か問題があるのか!!
でも、バカだって自覚があってよかったよ。
「俺、これでも真ん中より上だからな？　……ちょっとだけど」
飛鳥の成績は、この学校で真ん中よりちょっと上の頭脳らしい。まぁそれって、もれなくあまり頭がよくないってことだよね？
うちのクラスの平均点11点……だよ!?
「お前、何位だよ？」
「いや、まだテスト受けてないし……」
中間や期末は、これからだからね。
「じゃあ１週間後のテストですべてがわかるわけか」
「まぁでも、上位だと思うよ」
「わかんねぇよ？」
いや、できればぜひ１桁……９位以内に入りたい。
「ふぅん、まぁお前と俺じゃ俺のほうが頭いいだろうな。

年上だし」
「年上のほうが頭いいなんて、偏見」
「お〜お〜、言ったな？　勝負するか？」
「いいけど……本当にいいの？」
「俺じゃなくて千尋と対決してもらうけどな」
　やっぱり……千尋は頭がいいんだ。
　飛鳥たちとサボっているはずなのに、定期テストは毎回３位前後らしい。
　たぶん、地頭がいいんだと思う。
　一度、教科書を手にしているのを見たことがあるけど、数分見つめて、パタンと閉じた。
　そして、そこの範囲のプリントをスラスラと解きはじめていた。
　……千尋とは、勝負したくないかな。
　それより、私はなんで貴重な放課後を飛鳥と過ごしているのだろう。
　今日は休みだけど、いつもならこの時間はバイトをしているはずなのに。
　それもこれも、すべて飛鳥なんかに呼び止められたせいであって……。
「そういえば飛鳥、私に何か用があったの？　まさか日誌を書くために呼び止めたわけじゃないでしょ？」
「あぁ、もちろん用事があるからだ」
　少し口角を上げた飛鳥に、イヤな予感しかない。
「……え、何」

「今日は、七彩にも倉庫に来てもらおうと思ってな」
「イヤだ」
「拒否権なし」
「絶対イヤだ」
　なんか……なんかイヤな予感しかしないの。
　今回は、頷いたらいけない。
「なんか理由あるのかよ？」
「イヤだから」
「それ理由になんない」
　立派な理由でしょ!!
　……あ、なら。
「確か……今日はバイトがあった！」
　嘘だけど。
「住まわせてもらっているのにバイトをサボるなんてできないな〜って、思ってるんだけど……」
　どうだ？
　これでもサボれって言ったら、飛鳥は本当に常識のない人になるからね!?
　嘘だけど!!
「ふぅん、それは仕方ないな」
　やった！　引き下がった？
　飛鳥にしては引きがよかったけど、これで不良のたまり場に行かなくて済む〜。
「ところで七彩」
「ん？　何？」

「俺に嘘つくなんていい度胸だな？」

　ん？　バレてる!?

「な、ナンノコトカナ？」

「お前が今日バイト休みなことは知ってんだよ。わざわざ合わせたんだからな」

「え!?　合わせたの!?」

　そこまでして私に倉庫に来てほしい用事って何……？

「いい子な七彩ちゃんは、住まわせてもらってる家の人に嘘ついたり、俺からのお願いを無視したりなんてことしないよな……？」

　うわぁぁぁあ!!

　仕返しされた！　私の言葉そのまま返ってきた!!

「……飛鳥、なんの用なの」

　私に、何をさせたいの？

「向こうで、ゆっくり説明してやるよ」

「行くなんて、言ってない」

「１回嘘ついた手前、お前は行かない、なんて言えない」

　飛鳥は私のポニーテールに結んだ髪先に指を通す。

　そして、私の耳元にそっと唇を寄せると……。

「……っ」

「……違うか？」

　妖しく、微笑む。

「……悪趣味」

　私の戸惑った姿が面白いのだろう。

　何が面白いのかわからないけど。

ブオオオオオンンン、とバイクが暴音を鳴らして進む。
うるさい!!
私は今、なぜか飛鳥のバイクの後ろにまたがっている。
イヤなんだけど……。
なんか不良になった気分……。
音うるさいし。
これ、近所迷惑じゃないの!?
そう思ったけど、まわりを見渡せば、そんなのはいつものこと、とでもいうような視線。
……さすが、このへんの街は荒れているから、こんなのは迷惑でもなんでもないのか……。
っていうか、いつの間にバイクなんて持ってきていたの？　私と登校する時は歩きなのに。
ゆっくりとバイクが止まった。
そこは、見覚えのある倉庫。
うわぁ、また来ちゃった。
もう二度と来ないと思っていたのに……っ、また来ることになるとは……。
「総長！　こんちはっす！」
「こんちは～」
髪が変な方向に立ってるヤンキーが飛鳥に挨拶(あいさつ)をする。
……めっちゃいい笑顔しているな。
ヤンキーの少年よ……。
飛鳥が来たのが、そんなにうれしいんだ？
……やっぱ慕われてんのかな、飛鳥。

　すごいなぁ。……俺様自己中な総長だけど。
「おう、今日は楽しもうな」
　そんなヤンキーに返す飛鳥。
　……なんか、意外だ。
　思ったより、いいところなのかもしれない。
　なぜって、トップである飛鳥が偉そうじゃなくて、きっとみんな仲いいんだろうなぁ、って思わせてくれるから。
　飛鳥に続いて倉庫に入る。
　さっき飛鳥に挨拶した人たちは、飛鳥についていく私を見て目を見開いていたけど。
　それは、他の誰もが同じ感じだった。
　なかには、『一応、千尋さんに報告しようぜ』とかいう声も聞こえた。
　え？　私、ここいて平気なの？
「ねえ、飛鳥。なんかさっきからみんなの目線が痛いんだけど……」
　私は前を歩く飛鳥に声をかける。
「そらそうだろうな。ここ、女は基本的に来ないし」
　……それだけでこんなに見られるもんなの？
「……俺が自分から連れてきたのは、お前が初だからじゃね？」
　飛鳥はそう言って少し歩く速度を緩めると、私の隣を歩き出した。
「……なに、口説いてんの？」
　そんな、お前が初……なんて。

　すっごい女の子が好きそうなセリフ。
「いや、その、別にそういうつもりじゃねぇよ……」
　なんでそんなにあたふたしているの。
「冗談に決まってるでしょ」
「お前、吊るすぞ」
「や～ん、ヤンキーこわ～い」
　ちょっとふざけて高い声を出してみると、飛鳥は呆れたようにため息をついた。
　そして、飛鳥はまた少し速度を上げると、また私の１歩前を歩き出した。
「時間ないから急ぐぞ」
「あ、逃げた」
　……私はそんな飛鳥の背中を少し早足で追いかける。
　倉庫の奥へ行くと、広間的なものが……。
　広間というか、何もないコンクリート打ちっぱなしの空き倉庫って感じだけど。
　って、
「ひ、人が多いね……？」
　この前、来た時よりザワザワしている。
　ううん、ガヤガヤとしている。
　いや、違う。
　がちゃがちゃとかズコズコとか、なんか音の表現が難しいけど、とにかく異様にうるさい。
　きっとそれは、人の多さに比例しているんだと思う。
「……まあ今日は集めたからな」

　そして、その集める日を私の都合に合わせた理由はなんですか。
　この人数、私の都合に合わせられたのか……。
　申し訳ないと思うけど、飛鳥が勝手に決めて連れてこられたんだし……。
　あぁぁあ！　でも、なんかごめんなさい!!
　とりあえず、なんで連れてこられたのかわからない。
　そう訴えようと飛鳥を見ると、ちょうど目が合った。
　飛鳥は少し目線を逸らして、また私に合わせる。
「まぁ、きっと楽しいからよ」
　飛鳥はそう言うと、
「たまにはお前も羽目外せよ」
　憎たらしいくらい爽やかな笑顔で私の頭を撫でた。
　次の瞬間、
「おめえらぁぁぁぁあ!!　全員集まってるかぁぁぁあ!!」
「「「うおおおおお!!」」」
　とてつもなくイカつく迫力のある声で号令をかける。
　思わず耳をふさいだ私に、飛鳥はしてやったりの顔で微笑んだ。
「楽しそうだろ？」
「何がよ、まだわかんない」
「こんなん雰囲気だけで楽しくなんね？」
「個人差があると思う」
　ただ叫んでいるのを見て、楽しそうってなるの？
　それとも飛鳥は、自分の号令にみんなが応(こた)えたのがうれしいのかな？　あ、でも総長ならいつもやっているだろうし、そんなことでいちいち喜ばないか。

感覚の違いかな？

と、首をかしげていたその時。

「これから行うあることに……ワクワクするんだよ、七彩ちゃん」

後ろから声がしたので振り向くと、幹部の４人がいた。

「千尋……これからすること、私は聞いてない」

「飛鳥から聞いてねぇのか？　理由も知らないで来たのか？　バカなのか？」

咲人はそう言うと、「バーカバーカ」と平太と連呼しはじめる。

小学生か……。

っていうか、ほぼ強制連行だったし。

来たくて来たわけじゃない。

「あのね七彩ちゃん、俺らはこれから……。走ってくるんだよ」

……はぁ、ずいぶん溜めたわりには案外普通。

「七彩？　驚かないのか!?　怒らないのか!?」

無駄に驚く平太に、

「え？　なんで？　だって走りに行くんでしょ？　いってらっしゃい」

「七彩ちゃんも一緒だよ？」

本当にいいの？　とでも言いたそうな千尋。

「やだよ。走るの嫌いだもん」

「え？　お前、走れんの？」

　走れないとかあるわけ？

　と尋ねたくなる咲人の言葉に、

「……意外だねぇ～～」

　ほぅ……と感心する直。

　……とりあえず、走るのに私が付き合う意味がまったくわからない。

　飛鳥は何か言いたそうだ。

　何を言われても疲れることなんてしたくないけどね。

　そう言おうと思って口を開こうとした、その時、

「ジョギングなら勝手にしてきてね？」

「バイク乗れんのかよ」

　と、私と飛鳥の声が重なって、

「「「え？」」」

「え？」

　全員の声が重なった。

「は……？　バイク？」

「お前……ジョギングってバカ？」

　……話が噛み合わない。

　走るって言ったよね？　ね？

　言った言った。

「七彩ちゃん、走るって、バイクでってことだよ。つまり暴走するんだよ」

　千尋が笑いを堪えながら言ってくる。

　地味に傷つく。やめろ。

「バイクで暴走？　世間様の迷惑でしょ。やめなよ」
「いや、暴走族ってそういうものデショ？」
　直が困ったような口調で言ってくるけど、え、そういうものなの？
「……とりあえず、その暴走に七彩は連れてくから」
「無理、やだ、犯罪に加担したくない。この俺様自己中野郎」
「お前……っ、最後のは余計だろ……」
　いや、事実だし。
「お前に拒否権……」
「そのクッッサイセリフ何回吐くの!?　この俺様自己中バカ総長!!」
「そんな、別にクサイセリフじゃねぇだろ……っ!!」
　残念でした！
　そのセリフが許されるのは二次元のイケメンだけです！
「なんか」
　言い合っている私たちに、千尋は首を傾げている。
　いや、笑顔だけど。
　なんか笑顔だけど。
「……なんか、飛鳥たち。仲よくなったよね？」
「はぁ？」
「それはない」
　見事に声が重なったけど、本当にありえない。
　どうしたの。
　千尋の目はおかしくなったの？
「俺も思ってたんだヨネ〜？　なんかあった？　１つ屋根

の下は何かあるのカナ？」

　もう!!

　直が言うと、嫌らしい意味がする!!

「……ま、仲よくなったんじゃね」

「は？」

　微笑む飛鳥に裏拳を食らわせたいくらい、私は納得できていない。

「そんなことより飛鳥。七彩に今日のことちゃんと説明しなくていいのか」

　そうだよ咲人！

　それ大事!!

「あ〜、だから、その暴走に七彩を連れてくから。以上。拒否権がどうのこうのとか言ってたけど、お前に人権ないから、よろしく」

「はぁぁぁぁあ!?」

　飛鳥はそう言うと、奥の部屋へと消えてしまった。

　……って!!

「人権ぐらいあるわボケナス！」

　その背中に怨みを込める。

「しっかし、飛鳥のくせに考えたね」

　イライラして今ならバイク１台くらい壊せそうな私の隣に来たのは、まさかの千尋。

　考えた……って、何を。

「え？　七彩ちゃんに人権がないなら、侵害するもクソもないなぁ〜って」

にこっと効果音が聞こえそうなほどの、100点満点の笑顔の千尋。

「怒るよ!?」

「もう怒ってるしね〜」

ハハハと笑う千尋は、誰よりも悪魔に見えた。

やっぱ輝夜ってヤバイんじゃない?

飛鳥と千尋と咲人っていう3拍子だよ?

なんか妙に団結力がある。

「……もう勝手にして」

「さすが七彩ちゃん、賢いね」

千尋のそんな腹黒い笑顔に賢いなんて言われて喜ぶ人、相当だよ……。

飛鳥たちの強引さは今にはじまったことではない。

そして、それには毎回勝てない……と思っている。

「大丈夫、怖くないからね」

だから、その笑顔がもはや怖いです、なんて言えるわけもなかった。

輝夜の伝統

　だから……っ、
「イヤって言ったでしょぉぉぉおお!?」
　ブオーンンン、と、バイクの音が私の叫び声をかき消す。
「うるっせぇよ七彩!!　俺の後ろなんてそうそう乗れねぇよ。感謝しろ」
「やだ無理、今なら大丈夫だよ、まだ間に合うよ。ねぇ止まろう？　バイクを作った人は人様に迷惑をかけるために作ったんじゃないと思うの。だから止まろう？」
「七彩チャ〜ン、なに言ってるの？　ほんとに。悟り開いてる？　ウケる」
　いや、何も面白くないんですけど。
「おい、七彩。お前、冗談は顔だけにしろよ」
　いつの間にか飛鳥のバイクの横に、自分のバイクを走らせていた直と咲人。
　……うるさい。
　てか、冗談は顔だけにしろって何？
　何？　何？
　清き女子高生に何を言っているの？
「バイクのせいですごい顔してんだよ。そんな怖いのかよ」
　風のせいか速度のせいか……。
　そんなことを言うなら、無理やりバイクに乗せなきゃよかったのに。

まぁ、このバイクに乗っていてイヤなことなんて、どちらかといえば……。

「怖いというか世間様に申し訳ないです。このような俺様自己中ヤンキーのために道を空けていただき、本当に罪悪感しか……」

「てめぇ、七彩。振り落とすぞ」

「冗談だよね？」

「お前ら本当に仲いいのかなんなのかわからねぇな」

咲人がそう言ったから、違う、と反論しようとした時。

『ウー！　ウー！　ウー！』

……聞き慣れたサイレン音が。

「……チッ」

え？　え？

これってまさか……。

「サツ来たわ。……七彩、ちょっとスピード上げるからな」

「え！　え！　イヤなんだけど！」

警察に追いかけられているの？

私も？　今？

『そこの２人乗りのバイク止まりなさ～い』

２人乗りって……このバイクじゃん!!

「ねえ飛鳥……？　止まれって言われてるよ……？」

「アホか。お前は鬼ごっこで、待てと言われて待つのかよ」

「あれは遊びじゃん！」

鬼ごっこで、鬼役に追いかけられるのと警察は違うから!!

「は～？　何がちげぇんだよ。……一緒だ。俺らにとって、これは最高に楽しい遊びだ」

　表情は見えないけど、ドヤっているんだろうなぁ。

　ったく、どこにプライドかけているのか。

「よし、お前ら撤くぞ!!」

「「「うっす!!」」」

　そんなかけ声の中で、

「いやぁぁぁぁぁあ」

　スピードを上げるこの黒い物体に私は、

「だからうるっせぇよ!!」

　ただただ悲鳴を上げていた。

「……ゼェゼェ、……ぐえっ」

　やっと戻ってきた倉庫。

　なのに!!

「ぐえっとか変な声だなお前。ほんとに女か？　今、白状したら許してやるぞ？」

「白状って何を？　は？　私は女ですけど？　何？　男って言いたいの？」

「いや、カエル」

「人外はやめて……！　せめて哺乳類（ほにゅうるい）」

「やっぱゴリラじゃね？　それ」

　結局それに落ちつくんじゃん！

　私のことゴリラって言いたいだけ？

　いちいち絡まないでほしいんですけど……。

「飛鳥は不器用にも程があるデショ……。平太、やっぱりお前のほうが見込みあるんじゃないの〜？」
　直はうっっざい口調でバカにしてくるし、なんでそこに平太が出てくるのかわからないし……！
「は!?　なんで俺がコイツのことす、す、好きみたいな感じのこと言ってるんだよ!!　こんなガサツで背も高くてすぐ叫ぶ、女と認められない奴なんてタイプじゃねぇよ!!　俺の守備範囲そんな広くねぇから!!」
　は？
　平太、なに言ってるのかな？
　ガサツですぐ叫ぶ、女と認められない奴？
　それに背が高いなんて、お前がチビなだけだろバカ!!
「あれ、平太も不器用タイプ？　じゃあ、やっぱり俺にしとかない？　七彩チャン」
　いやちょっと待って待って。いきなり顔を近づけられても、今なんの話をしてるか、まったくわからないんだけど！
　なんで不器用だとか平太とかの話になった……？
「まぁまぁ、みんなすぐ七彩ちゃんに絡まないの。飛鳥も、もうみんな集まってるよ？」
　そう言って、私から直を引きはがしたのは救世主・千尋。
　よかった〜！　助かった。
「あ、あぁ……。千尋、集めといてくれたのか？」
「まぁね。総長でしょ、女の子と絡んでないで早く指示を出さなきゃ」
　千尋はそう言って、私の頭をポンッとした。
　女の子……だって!!

やっぱり千尋は紳士だなぁ……。

……女の子って言われるだけで喜ぶようになっちゃったのは、デリカシーのないコイツらのせいだけど!!

ただ、やっぱり少しうれしくて。

ポンポンッてあやす手が、いたらこんなんだろうなぁ、とお兄ちゃんを想像させて。

心地よくて、目を細める。

すると、

「あぁ？　俺、女の子、となんか話してねぇぞ」

飛鳥はそう言って、千尋の手を払った。

「俺は女の子じゃなくて、メスゴリラと話してたからな」

まだそのネタ引っ張る？

飛鳥が私の頭をバシンッと叩く。

横では直が、でっかいため息をついている。

「おい、なんか反応しろよ……。……七彩？」

「飛鳥……さすがにゴリラネタ、笑えなくなってきたんだけど……？」

ムカついて痛みすら感じないの!!

許さない。

いつも女子に向ける言葉としてふさわしくないことばかり言われてきたけど、今日という今日は許さない。

メスゴリラ？

は？

そこのバイクで轢(ひ)いてあげようか？

いや、本当に。

「え、七彩……いくらなんでも怒りすぎじゃね……」
　千尋だけアハハと笑ってるけど、他の４人は顔が引きつっている。
「……おい!!　飛鳥!!　謝っとけ……!!　俺の父ちゃん言ってたぞ！　世の中には怒らせちゃいけない奴もいるんだと!!　とくに女に多いって～!!」
　聞こえてる、全部聞こえてるけど平太!!
　もう、輝夜はみんな、私を女子扱いしないんだから!!
「そういえば、俺は動物園の注意書きで見たことがある。ゴリラは怒らせると狂暴になりま……グフッ」
「咲人、そういうこと言っちゃダメでしょ～!?」
　直が咲人の口をふさいだけど、バッチリ聞こえたよね。
「七彩ちゃん、落ちついて」
　千尋が声をかけてくれるけど、もう私、デリカシーのない飛鳥を許さないんだから!!
「……ジャガイモ」
「は？」
　飛鳥が何やらボソッと言ったけど聞こえない。
「だから!!　ジャガイモが必要な時には俺が買ってくるから!!」
　飛鳥の顔はなぜか真っ赤。
　……って、
「なんでジャガイモ……」
「いや、お前の買い物っていったら、ジャガイモしか思い浮かばなかった」

あぁ……そういえば頼んだこともあったよね。

っていうか、お使いを頼まれてくれるってのは、飛鳥なりに、ごめんねってこと?

意外と……かわいいところもある?

「まぁ、顔もジャガイモっぽいしな」

「は?」

「あ、しまった。つい本音が」

「はぁぁぁ〜……」

もういい。

なんかさっきの怒りもどっかに行った。

飛鳥はこういう人だったの忘れていた。

「ジャガイモだけじゃなくて、全部買ってきてね。1週間だからね」

「ゲッ」

仕方ないからそれでチャラにしてあげよう。

「あと! ゴリラって平和主義なんだから。狂暴なんて嘘。咲人、全国のゴリラに謝りなさい」

「あぁ、ごめんな」

は?

今、私を見て言わなかった?

「〜〜っ、とにかく、これに懲(こ)りて、もう私をメスゴリラなんて呼ばないこと!!」

「うわ〜、七彩チャン根に持ってるジャン……」

直は飛鳥の肩に手を置いて、ため息をついた。

「あ～、今日はおつかれさま」
「「「おつかれっす!!」」」
　やっとはじまった集会。
　結局あのあと、ひたすら私に絡みまくるみんなに、千尋が鬼の血相でげんこつ。
　久々に、あのスキンヘッドを吹っ飛ばした時の千尋のトラウマが……。
　ていうか、みんななんでそんなに元気なの。
　眠いんだけど……チラッと携帯で時間を見ると、もう日付はとっくに変わっていて。
「ふわぁぁぁあ～……」
　どうりで眠いわけだ、と納得する。
「おい七彩。眠いのか？」
「咲人……あぁ、少し眠いかな。てか、咲人は前に行かなくていいの？」
　前に飛鳥たち幹部が並んで、下っ端たちが飛鳥たちの正面に集まっている。
　その大群の、さらに後ろのほうで私は待機していたんだけど……。
「あぁ、とくに言うこともねぇし。お前をからかってたほうが楽しそうだし」
「え～、眠いんだけど」
「確かに、すっげえ眠そう」
　うん、と私は首を縦に振って目を擦る。
　ヤバイ……っ、立ったまま寝そう……っ。

「ってなわけで、今日で弘樹と雄太(ゆうた)と和久(かずひさ)は、ここを抜ける」
　え……っ？
　パチッと、私の目が一気に冴えた。
「あ～、やっぱアイツら抜けるのか」
　ザワザワとしている不良たちと同じで、私も驚いていた。
「弘樹って……あの弘樹？」
「あの弘樹って誰だよ。ただ、輝夜に弘樹、なんて名前は１人だけだからそいつなんじゃねぇの」
　あの弘樹……あのチビで小学生みたいな見た目して、ジャガイモ騒動の時にいた、弘樹だよ!!
　不良たちの後ろからピョンピョンっと跳ねて、前に出ているであろう弘樹を捜す。
　さすがケンカしているだけあって、みんなゴツくて背が高い人ばっかり。
　雄太とか和久とか知らないけど、弘樹が抜けるなんて、なんの心境の変化だろう。
　小さいくせに、輝夜に馴染(なじ)んでいたのに。
　飛鳥のことを誰よりも尊敬していそうだったし……。
　きっとこれから先の輝夜に、弘樹はいるものだと思ってたけど……。
　……やめる、の？
「前、見たいか」
「見たい」
「即答だな」
「うん」

……暴走族を、抜ける。

それって大きすぎる覚悟だよね？

「ついてこい」

咲人に手を引かれて、不良たちの中に混じる。

咲人が通ると、みんな道を開ける。

まわりからヒソヒソとなんか声が聞こえるけど、もういいや。

「七彩」

咲人がそう私に声をかけるのを合図に、グイッと手を引いた。

「……あっ」

それと同時に、不良の山から出る。

つまり、飛鳥たちの目の前まで出てきた。

「七彩？　なんでお前、前に……」

出てきてるんだ、と飛鳥は言おうとしたのだろう。

けど、それより先に、

「飛鳥、コイツ、前に来たいって言ったから。ここにいてもいいよな？」

咲人がフォローしてくれた。

「あ……七彩」

ボソッと聞こえた声に反応する。

「弘樹、辞めるんだ？」

少し涙目の弘樹に、そう問いかける。

「七彩、俺、辞めようって思ったの、七彩のおかげなんだ」

え……？

私が、原因……？

「いや、悪い意味じゃねぇよ。七彩のせい、じゃなくて、おかげ」

私の……おかげ……？

「どういうこと……？」

私、何かしたかな？

まわりの不良たちも、もちろん例外なく飛鳥たちも、目を見張っている。

「よかった、七彩には辞める理由を聞いてほしかったから」

あの憎たらしい笑顔ではなく、弘樹は無邪気な笑顔を見せた。

「みんなにも聞いてほしい!!」

弘樹は大声を出して、まわりを見据える。

「俺さ……小学生の時にこの輝夜に来て、楽しくて、飛鳥さんいい人だし、尊敬してるし、絶対、絶対に跡ついでやろう！って思ってたんだ」

それは、この前の……初対面の時でさえ伝わってきた。

それなのに辞めるというのは、なぜだろう。

「……両親に捨てられた、俺を……温かく迎えてくれたから。輝夜のためになんでもするって思えた。……今でもその気持ちは変わらねぇけど。七彩に会って、こんなまっすぐな奴がいるんだって感動して、同時に……少し寂しさもあって」

弘樹は、ぎゅっと拳を握りしめている。

「俺……姉ちゃんがいるんだよ。年の離れた、社会人の姉ちゃん。七彩がどうしても姉ちゃんに重なって。姉ちゃんが夜中まで働いて俺を養ってくれてるのに、俺は夜中までここにいて遊んで……。それで俺、決めたんだ」

弘樹はすーっと息を吸って、さらに大声で叫んだ。

「俺!!　いい高校行って、大学にも行って……!!　一流企業に勤めて……っ、……姉ちゃん孝行するんだ!!」

「弘樹……」

素敵だと、思った。

お姉さんを大事にして、まっすぐな健気(けなげ)な弟。

あぁもう、目に涙が溜まっている。

ぬぐいたい……っ!!　クッ……。

その時、輝夜はザワザワとしはじめる。

「結局シスコンってわけ？」

「弘樹さんもやっぱりまだ中学生だったな」

「中途半端にこの世界で踏み込んできたのかな」

そんな、くだらない話し声。

私にも聞こえるってことは、弘樹にも聞こえてるわけで。

「私は、素敵だと思う」

そんなこと、覚悟を決めた弘樹の耳に入れたくない。

「七彩……」

噛んでいた下唇を離す弘樹。

「……大事なものがあって、それを守る方法は人それぞれだもの」

「お前、なんかいきなり来て、口出しすんなよ!!」

「あんたたちは!!」

　ダメだ、このグレたクソ不良たちに、み～っちり道徳というものを教えなくちゃ。
「守る方法は、１つじゃないって知ってる……？」
「は……？」
「どういうことだよ」
「弘樹のように、出世してお姉ちゃんを守ること。そして、あんたたちのように……この輝夜で大事な仲間と信念を守ること。守り方は違っても、大事なもの守ってるのには、かわりない」
　不良たちが、ゴクンッと息をのむのが聞こえた。
　って、またやっちまった～!!
　何回、私は不良に説教するんだ!!
　今度こそ!!　今度こそ殺(や)られる!!
　どう脅される？　金を寄越せ？
　いや、それならまだいい。命を寄越せ？
　冗談じゃな～いっ!!
「守り方なんて、俺……っ」
　およ？　およよよよ？
　意外と慌てている……。
　というか、わりと図星だった？
　守り方の話……。
　あれは、じつは……。
『七彩。守るには力が必要と思うでしょう。けど違うの。たくさんの守り方があって……。七彩は、私の娘だもの。母親として、守るからね』

お母さんの、受け売りなんだ。

倉庫がシーンと静まった時、パンッと手を叩く音。

音のしたほうを見ると、飛鳥の姿が。

「お前ら、よく聞け」

「飛鳥……」

「総長……」

「俺たちは仲間だ。暴走族だろうがなんだろうがな、仲間は大切に決まってる。そいつの守りたいものは、俺らも守らなきゃいけねぇ。……俺たちが、姉ちゃんを守りたい弘樹にできることなんて、笑顔で送り出すしかねぇんだよ」

飛鳥はわしゃわしゃと弘樹の頭を撫でると、また大声で叫んだ。

「よっしゃ！　行くぞおおおおおおお!!」

「「「うおおおおお!!」」」

は？

行くって？

どこに？

……今バイクで走ってきたよね!?

また行くの!?

眠いのに!!

「ねぇ千尋……またバイク乗るの？」

さっき十分、近所迷惑してきたじゃん？

まだやるの？

懲りないねぇ……。

「……まあ、バイクに乗るってのは間違っていないけどね。

七彩ちゃんも、一緒においでよ。……貴重なものが見られるよ？」
……。
「貴重なもの……？」
「暴走族に入ってても、2、3年に一度しかない、あるイベントだよ」
そ、そんな貴重なものが……。
今から？
き、気になるけど……っ。
それは、この不良たちのすることでしょ？
あまりいいことじゃないんじゃ……。
けどけど！
気になるし〜……。
「まぁ安心してよ？　……変なことには、ならないから」
千尋がそう言うなら、たぶんそうなんだろう。
「でも……っ」
「おい、千尋〜、七彩〜、行くぞ！」
その時、もう倉庫の出口に立つ飛鳥が、私と千尋の名前を呼んだ。
「七彩ちゃん、それ間違ってるからね？　私と千尋、じゃなくて千尋と私、って言いなよ？」
人の心を勝手に読むな、やかましい!!
最近思ったけど、千尋って飛鳥のこと大好きだよね!!
「実際、飛鳥は僕を先に呼んだんだし。……七彩ちゃん、変な顔してこっち見ないでよ？」

あ〜もう、うるさい。

唯一のまとも枠だった千尋はあっけなく脱落。

「……とりあえず、七彩ちゃんも少し気になっちゃってるんでしょ？　……貴重なものだし！」

ニヤニヤと私を見て言ってくる千尋。

「まぁ……そこまで言うなら」

もともと少し行きたかったけど、千尋に押し負けたっていう設定にして、行くことにした。

「おい、早く乗れ」

「いや、そんなすぐには乗れな……」

「ほら」

私が言い訳をしている間に、飛鳥は私の脇の下に手を入れるとそのまま抱え上げた。

「ちょっと……！」

「あ？　なんか問題あるかよ」

いや問題はないけど……！

なんか恥ずかしいじゃん……抱っこみたいで！

「飛鳥、そういうことはサラリとやるから器用なのか不器用なのかわからないネ〜」

直は何か感心してるし、平太なんて、俺もできるかなぁなんて言っている。

「平太はチビだし無理だろ」

「咲人、辛辣（しんらつ）……」

私はバイクに乗ったことで宙に浮いた足を、意味なくプラプラと動かす。

ドゥルルルウウウウン!!

エンジン音がうなる。

そして、

「ぎゃぁあっ!!」

急発進をした。

すごい速さで駆け抜けるバイク。

「降りる、とか言わせないからな」

「だったらもう少しスピード落として……」

「いいだろ別に。事故らないから」

……はぁ。

事故る人は、みんなそう思っているんだ。

とにかく、落ちても死なないようにヘルメットをしっかり被って。

目の前の飛鳥に、ぎゅぅっと抱きついて準備完了。

「な、七彩……おまっ」

「ななな、何？　思ったより落ちやすそうだと思ったから怖くなったの」

「はいそこ。イチャついてたら置いてくからね」

そう言って私たちの横を抜いていったのは……千尋のバイク。

「イチャついてなんかないし！」

「イチャついてなんかねぇよ！」

「「あ……っ」」

被った!!　最悪だ～!!

「仲いいね、やっぱり。七彩ちゃん、飛鳥にくっつきすぎちゃダメだよ。飛鳥が死んじゃうから」

ニヤニヤとする千尋を冷たい視線で見る。

なんで死ぬんだ……。

というか、どこに向かってるのこのバイク。

と、思った瞬間。

「ついたぞ」

と、前から声がかかった。

はや!!

近っ!!

と思い、顔を上げた瞬間、

「ぶへっ！」

頭から、何かをかけられた。

……これは……。

「パーカー？」

サイズ的に飛鳥のだろうか。

私には大きすぎる。

なんでこれ私に？

飛鳥、着てたわけじゃないでしょ？

「今すぐ着ろ。そしてフード被れ。顔を見せんなよ」

「え、なん……」

「とりあえず被れ。説明はするから」

「り、りょうかい～」

もぞもぞ、と飛鳥から渡されたパーカーを被る。

あ、大きい……っ。袖は指先が隠れてしまうし、裾もワンピースみたいだ。

あ……やっぱり飛鳥のパーカーだこれ。

間違いない。

飛鳥の匂いするし……って変態か！　あ〜もうイヤだイヤだ。

何が匂いだ！

なに考えてるの私は〜!!

嫌らしいこんな考えを消したくて、頭をブンブンと振っていると、

「あだっ！」

思いっきりチョップを食らった。

「変なことすんな」

いや、だって私の煩悩(ぼんのう)が……。

「よく聞けよ？」

あ、はい。

「この角を曲がればすぐ警察だ」

「へぇ警察……、警察ぅ!?」

警察!?　なんで!?

あれ？　暴走族って警察と仲よしなの？　違うよね!?

「で、お前は暴走族に入ってるわけじゃないし……警察に顔を覚えられないようにフードを被るんだ」

顔を……覚えられないように……。

顔を……隠す……。

顔を……？

顔!?

「待って、犯罪に巻き込まないで!!」

「しねぇから！　んなこと!!」

だって顔を隠せって言ったじゃんか……。

「一応お前、輝夜じゃねぇし……。だから巻き込みたくなくて……だな……？」

「いや、一応じゃなくて、まったくもって輝夜ではないので、そこんとこ、よろしく」

「なんかお前、ほんとかわいくねぇよな」

ケッと言うように飛鳥はプイッとすると、右手で私のフードを深く被せた。

「まぁとりあえず、顔を見られなければいい。あと、悪いことするわけじゃない。……行くだろ？」

行くだろ？

なんて言って。

うんともすんとも言っていないのに。

手を引かれる。

ぎゅって、手のひらが繋がる。

手を繋ぐ理由なんて、ないくせに。

なんで手を繋ぐのかな？

飛鳥は恋愛経験豊富そうだから、慣れているのかな。

何かあると、さらっと手を引いてくれるし。

そのドキドキもあるだろうけど、今は警察に行くなんて言うから、そっちでドキドキしてしまって仕方ない。

緊張するなぁ。

「……ドキドキしてきた」

なぜか私が、ね。

何もせず、ただフード被っているだけなのに。

てか、何するかも知らないのに。

緊張する。

「なぁ」

「うん？」

「お前、今ドキドキしてんの？」

「うん」

「緊張で？」

「そう、緊張で」

「なんでお前が緊張してんのかはわからねぇけど……。それって吊り橋効果的なことってありえる？」

「は？」

なんだこの男。

いきなり吊り橋効果とか言ってきて。

「吊り橋効果ってあれでしょ？　吊り橋を異性と渡る時、恐怖感と緊張感のせいで、それを恋と勘違いする……みたいな」

本当にあるらしいよ、吊り橋効果。

でもなんで今？

「……お前が緊張でドキドキしてるなら、手を繋いでる今の状況を、恋って勘違いしねぇかな～みたいな」

そう言って、ぎゅっと手を強く握られる。

「……何？　勘違いしてほしいの？」

なんか今日の飛鳥は、ちょっとロマンチストらしい。

なんか悩みがあるに違いない。

まぁ相談に乗ることはないけど、あまり蹴散らさないようにしよう。
「……勘違いしねぇの？」
「しないね。あ、ちょっと顔が近い」
こっちに寄ってこないで!!

「あ、警察署についた」
そんなこんなで飛鳥とグダグダやっていると、目の前には、もう警察署が。
「行くぞ」
「ちょ、飛鳥……」
飛鳥は躊躇なく、その扉を開けた。
「……輝夜総長、神代飛鳥だ」
入った瞬間に自己紹介!?
え!?　何この状況!?
それなのに、警察の人は……。
「キミが輝夜の……ちょっと待ちなさい」
そう言って、警察の人は奥へ入っていったと思ったら、
「こんにちは、神代くん」
年齢もそこそこいってる、絶対この警察署で一番偉いだろう人が出てきた。
……って!!
何!?　何が起こってるの？
「七彩」
私の耳に、声が届く。

それは、いつも元気な平太の声で、でも今は、そんなことも忘れさせるくらい真剣な声。

「平太……？」

平太は、しーっ、というように自分の唇に指をのせると、飛鳥の隣にいた私を手招きした。

平太の隣にいそいそと目立たないよう移動する。

そして、平太に手を引かれ、集団の一番後ろまで下がる。

「何？　平太」

コソッと小声で話し出す。

「いや、お前はここから見てたほうがいいと思って。あまり、前に出ると顔を覚えられるから」

……それは、遠慮したい。

いくらフードを被っていても、顔が完璧に見えないわけじゃないからね。

ところで何がはじまるの……？

すると、今日限りで輝夜を抜ける弘樹たち３人と、飛鳥がお偉いさんに頭を下げた。

「「「〜〜〜……！」」」

……なんて言っているのか聞こえない。

けど、頭を下げてるってことは、何か謝っているの？

何が起こっているの？

「挨拶してるんだ」

「え？」

私の頭の上には、はてなマークが浮かんでたらしい。

平太が説明をしてくれた。

「お世話になりました、って、ありがとうございました、って、警察に挨拶する。それが、輝夜の決まりなんだ」
「そう……なんだ」
衝撃だった。
意外だった。
今まで、輝夜のいろいろなところを見てきたけど。
心のどこかで、どうせ暴走族なんだ。
って、壁を作っていた気がしていた。
けど、今、それが音を立てて壊れたんだ。
なかには涙ぐんでる人もいる。
すぐそこにいる赤髪のトサカみたいな人だって、金髪の坊主みたいな人だって。
見た目がそんな人たちが、泣いている。
「……３年以上輝夜にいた人が辞める時、こうやって警察に来るんだ。たくさん迷惑かけたから。今回は、弘樹だな」
３年間、暴走とかでお世話になった警察に、こうして頭を下げにくる。
「……思ったより、いいところだね輝夜は」
「思ったより……は余計だぞ、七彩」
ほんとうに、ほんとうに、ほんの少し、輝夜が輝いて見えたんだ。
この、真っ暗な夜に。

第6章

謎

「七彩～！　昼飯食べるぞ～!!」
「え？　待って、先に行かないで!!」
　ドタバタな毎日が戻ってきた。
　いや、この前の１日が異様だっただけだけど。
　今日も私はたまり場で輝夜のみんなと昼ご飯。
　平太の持つお弁当に再び笑いそうになりながら、２階のあの部屋へ向かう。
　そして、輝夜以外は立ち入り禁止と噂されていたその扉の向こうには……。
「七彩チャン来たの～？　呼んでないのにネ。ま、うれしいけど」
「キィキィ喚（わめ）くなよ。……それならいていい」
「七彩、仕方ないから俺の隣に座っていいぞ」
　……なんだコイツら。
　揃いも揃ってツンデレ極めてんの？
　ウケ狙ってんの？
　どう反応すればいい？
「いらっしゃい、七彩ちゃん」
　千尋～!!
　千尋だけ普通だ～！
　私は迷わず千尋の隣に座る。
　すると、

「「「は!?」」」

　ガタッと音を立てて、立ち上がった3人が。

　……って、何？

「……な、七彩チャーン、隣おいで～？」

　ポンポン、と自分の隣の空いている席を叩く直。

「な、七彩!!　俺の卵焼き食わねぇか!?」

　いや、平太のお母さんが作った大事な大事なおかずを、取ろうなんて思ってないけど……。

「俺、さっき、お前に俺の隣に来いって言ったよな？」

　いやいや！　言ってないし！

　飛鳥のは妙にツンデレっぽい感じで、座ってもいいぞ？みたいな言い方だけだよ？

　い、いったい……。

「な、何が起こってるの……」

　みんながおかしい!!

　私を女の子扱い!?　いや、違うか？

　ちゃんと人間扱いしている!!

「千尋……何が起きてるの？」

　こんなのは輝夜じゃない!!

　みんながおかしい！　甘い!!　なんで!?

「あ～、あのね、この前、七彩ちゃんが帰ったあとに……」

「警察には緊張したな～」

「飛鳥さんでも緊張するんすね！」

「俺だって人間だから当たり前だろ～？」

「そういえば！」

１人の少年が声を上げたのがきっかけ……。

「あの、七彩……さん？って、誰かの彼女さんなんですか？」

「「「はぁ？」」」

「いや、そんなに変な顔しないでくださいよ……」

聞いちゃいけないことだったのかな、と少年は不安そうになるが、

「相当な物好きだろ……」

咲人は考えたくもない、というように首を振る。

「そんなわけねぇだろ、女らしくないし気も強いし、たまに照れると少しかわいいってくらい」

「あはは、飛鳥ベタ惚(ぼ)れ？　でも七彩チャンってそんなにかわいい？　俺からしたらフツウ」

飛鳥がみんなの前で本音ブチかましたほうが面白かったのか、直は少し笑っている。

「え？　そ〜すかね？　七彩さん普通に美人だと思いますけど……」

また別の少年が、七彩のことを褒めた。

「飛鳥とか直とかが今まで見てきた人が美人すぎるだけで、七彩ちゃん、一般的には美人の部類に入ると思うけど」

千尋は決して七彩をフォローしたわけではなく、本心だった。

けれどその瞬間、

「は？　お前、目がおかしいんじゃないのか？」

「……ありえない」

「え〜、偏差値60デショ？」
３人それぞれの反応が返ってきた。
それを見て少年が、
「……そんなこと、本人に言ってないっすよね？」
と言うと、
「言ってるぞ!!　七彩の反応は面白いんだよなぁ〜!!」
平太も話に参戦してきた。
「は!?　言ってるんすか!?　本人に!?」
「「「何か、問題が……？」」」
「大アリっすよ!!　飛鳥さんたち、いつ七彩さんが去っていくかわからないっすよ!?　優しくしてくれる男でも現れたらどうするんすか!?」
「「「え……？」」」
「飛鳥さんも、咲人さんも直さんも平太も!!　ちゃんと優しくしなきゃっすよ!!」
少年は、同い年の平太だけ呼び捨てで説教すると、
「じゃ、俺は眠いんで帰ります」
と、帰ってしまった。

「僕もそれに便乗して帰ったから、詳しいことはわからないんだけど……。飛鳥と平太と直は、それを真(ま)に受けて必死に優しくしてるって感じかな？」
なんだそのお子ちゃまな理由は……。
ていうか、前半とか私の悪口ばっかりじゃない？
え？

ひどくない？

……けど、

「今、優しくしてくれてるってことは……私にいてほしいと思ってるの？」

そういうことなの？

ねえ、どうなの？

そう言うと、飛鳥が私に近づいてきて、

「きゃっ」

グッと私の手を引く。

そのまま私は、飛鳥の胸にダイブする。

「ちょ、近……っ」

慌てる私に、飛鳥は耳元で、

「まぁ、いい暇潰しだからな」

と呟くと、

「ひゃわっっ！」

フッと息を吹きかけられた。

さ、最悪……っ!!

「……イチャつくなら他いってくれるカナ？」

「イチャついてない!!」

直の言葉を必死に否定して、これ以上弄られないように、もう一度千尋の隣に座る。

「おい、七彩……」

「私、今日は忙しいの!!　昼休みに呼び出し食らってるんだから……」

担任から。

絶対に来いとのこと。

貴重な昼休みなのに！

「へぇ、七彩ちゃん、何か呼び出される覚えは？」

「なんもない！」

急いでご飯を口に突っ込む。

「うわぁ、食べ方が女子じゃねぇ……」

うっさい咲人。

急いでるからいいでしょ？

「……もしかしたら、この前の暴走でお前の顔がバレてた、とかかな？」

「ゲホッ!!」

飛鳥の言葉に思わず吹き出す。

「きったねぇな七彩……」

平太は少し黙ってて。

そんなことより飛鳥の言葉のほうが一大事。

「顔バレかぁ、お前の特待もなくなるかもなあ？」

う、嘘でしょ〜!!

「なんてな」

「は？」

「顔バレしても平気だし。この学校の不良１人１人取り締まってたら人数少なくなりすぎて即廃校だぜ」

……なんだそれ。

危険すぎるぞ、この学校。

「ま、どうせ大したことじゃねぇだろ。安心して行ってこい」

飛鳥はそう言って私に微笑んだ。

む……っ。

笑顔だけはキラキラしてて、顔だけは無駄に整っているから騙されそうじゃ!!

「食べ終わった!!　行ってくる!!」

私は最後のひと口を押し込むと、立ち上がってたまり場を急いで出た。

「失礼しま〜す！」

ガラガラと音を立てて……と思いきや、職員室の扉は音もせずにスーッと開く。

さすが私立高校。

「お、倉木。来たか」

そこには担任の先生である、通称トミー。

「冨田先生、えっと私になんの用事が……」

「倉木、お前に紹介したい人がいてな」

……紹介、したい人？

「もうすぐ来るんだが……」

トミーがそう言った時、コンコンッとタイミングよく職員室のドアがノックされる。

「お、ちょうどよかった。入っていいぞ〜！」

トミーの声で無音のドアを開けて入ってきたのは、

「あ、れ……？」

この学校に、似ても似つかない黒髪と黒縁メガネのすごく優しそうな人。

私と目が合うと、にこっと笑い返してくれた。

「えっと……」

　誰？

　この爽やかイケメンは。

　この学校に来てしばらくたったけど、こんな爽やかな普通の人は見ていないよ？

「あ〜、倉木。紹介するな。コイツ、杉林晴飛」

「はる……ひ？」

「そう！　俺、杉林晴飛っていいます。よろしく。女っぽい名前でしょ〜？」

　あ、懐っこい……。

　きゅんっと、母性本能をくすぐるような笑顔。

「倉木。杉林は、今日からこの学校に通うことになった隣のクラスの転校生だ。で、そこでなんだが、まだ倉木に校舎案内とかしていなかっただろう？　これが、この学校の案内図だから、２人で校舎をまわってきてもらおうと思ってな」

　トミーから渡されたのは、この学校の入学案内のパンフレットと、学校のことが詳しく書かれた案内図。

「杉林、倉木は少し前に転校してきた生徒だ。まあ転校生同士、仲よくやってくれ。この学校で唯一まともな２人だからな」

　トミー……。

　唯一まとも……とか言っていいの……？

　職員室を出ると、杉林くんと目が合う。

「あ……えっと、よろしくね？　杉林くん……」

「杉林って長いから、はるひ、でいいよ。えっと……倉木さんだっけ？」
「うん、じゃあ晴飛くん……で。そうだよ、倉木七彩。よろしくね」
「うん、よろしく。倉木さん」
　握手を求められたので、握り返す。
　うわぁ～、癒し系だぁ。
　この学校で、こんな爽やかな常識人を見るなんて～！
　貴重だ～、仲よくなりたいなぁ。
「ところで倉木さん。時間もあれだし、校舎をまわるのは放課後でいい？」
「うん、いいよ。今日の放課後……？」
「そう！　今日の放課後！」
　メガネの奥の目と目が合う。
　にこっと、笑ってくれて、……やっぱり素敵だなぁ。
　優しくて、爽やかで、何より普通!!　常識人!!
　これ!!　何より大事ね？
「じゃあまたね」
「うん、放課後、倉木さんのクラスに行くね」
　晴飛くんと手を振って別れる。
　少し、心がポカポカしていた。

「ふふんふんふふん♪」
　あ～、楽しみすぎて、放課後までが長かった！
　ついさっき、かったるい古典の授業を終えたばかり。

晴飛くんと校舎をまわるの、楽しみだなぁ。

久々にまともな人と会話できる!!

「お～い七彩！　今日も倉庫に行くだろ？」

「あ！　平太！　今日は無理なの！　飛鳥にもそう言っといて！」

「は～？　なんか用事かよ」

「うん、ちょっとね～」

今、思ったんだけど、私、輝夜のメンバーでもないのにすっごい倉庫に出入りしているよね。

いいのかな？　まぁいいか。

「倉木さん」

「あ！　晴飛くん！」

教室に残ってる人もちらほら、となった時、晴飛くんが来た。

「ごめんね、遅くなっちゃった」

「大丈夫だよ」

「じゃあ、まわろっか。暗くなる前に終わらせないと」

「だね！　あ～私もなんだかんだでこの教室と体育館と、あとは授業で使う教室くらいしか、場所わからないかも」

とくに説明とか受けてないし。

昼休みとかまわろうと思ったこともあるけど、平太と一緒にあのたまり場に行っちゃうし。

いろいろ考えながら、２人で教室を出る。

「まずは……体育館あたりから行く？」

「うん、お願い」

晴飛くんと私は、肩を並べて歩き出した。

しばらくして。

「……これで、ひととおりまわった？」

「かな？　ありがとう、倉木さん」

２階の音楽室を最後に、私たちの学校探検は終わったわけで。

というか……。

「意外と広かったんだなぁ、この学校……」

「そうだね。ところで倉木さん……。あの部屋は、なんの部屋なの？」

晴飛くんの指の先にあったのは、

「ゲッ……」

例の、彼らのたまり場だった。

せ、説明したほうが……いいよね？

「えっとね……あそこは、輝夜って暴走族のお偉いさんたちが、サボり用として使ってる部屋だよ。……基本、他の人は出入り禁止だから、今、中を見せてあげることはできないけど」

私がそう言うと、ピシッ、と。

何か聞こえたような……。

「へぇ……暴走族、のね？」

あれ……？

そこには、さっきまでニコニコ爽やかに笑っていた晴飛くんはいなくて、めっちゃ怖い人になっていた。

「は、晴飛……くん？」

「ねぇ倉木さん……。倉木さんとその暴走族たちは、何か関係が？」

　か、関係……。

　難しいなぁ。

　というか！　晴飛くん怖すぎ……。

　関係を聞いてくるその目も怖すぎ！

「えっと……」

「……倉木さんも、暴走族なの？」

「それはない」

「だよね」

　それは冗談でもありえない。

　お母さんを殺したヤンキーだし……。

　って、あれ？

　私、今の今まで輝夜が暴走族って。

　ヤンキーの中のヤンキーだってこと。

　忘れていたかもしれない。

「えっと……晴飛くん。もう暗くなってきたし、帰ろうか」

　外はもうキレイな紅い空じゃなくて、薄暗くなっていた。

「そうだね」

　うわぁ！

　黒い禍々しい何かが、まだ晴飛くんのまわりにうようよしているよ!!

　……おかしいなぁ。

　さっきから、なんか最初に見た時の爽やかな晴飛くんじゃないような。

「ねぇ晴飛くん」

「何？」

　にこっと笑いながら振り向く晴飛くん。

　笑顔が少し怖い。

「私、なんか晴飛くん怒らせちゃったかな？」

　そう言うと、晴飛くんは目を見開いた。

「なんで……？」

「え！　なんか……暴走族が使っている部屋を見てから様子がおかしくなったというか……」

「おかしいって？　どんなふうに？」

　ひえええ……メガネがキラッて光ったような気がする。

　絶対に気のせいなんだろうけど。

　なんか怖い。

「いや、なんか、最初と違うなって。雰囲気が。そう、雰囲気がおかしい！」

「そんなことないよ？　てか、どうしたの。本当は雰囲気がおかしいとか思ってないでしょ？　怒らないから言ってみてよ」

　え〜、ほんとに？

　いいの？　言っちゃうよ？

　……まぁいいか。

　晴飛くん、絶対に怒らなそうだし。

　いや、もう怒っているんだろうけど。

「雰囲気が怖い」

「……そんなことないよ？」
「嘘つけえええええ!!　怖い！　なんか怒ってる!!　え!?　もしかして、なんか学校の妖怪とかに取りつかれてんの!?　晴飛くん、正気に戻って!?」
「いや、倉木さんが正気に戻って」
　晴飛くんは、はぁとため息をつくと、階段を上り出した。
「え！　ちょ、晴飛くん？」
　私の声にピタッと止まると、晴飛くんはまたさっきまでの爽やかな笑顔で、
「倉木さん……帰ろうか？」
　私の質問を無視した。
　よく、わからない転校生。
　私はその背中を追いかけて、階段を駆け上がった。

飛鳥のお悩み相談室

【飛鳥side】

「……ただいま」

　玄関のドアが開く音とともに、七彩の声が聞こえた。

　アイツ、今日は帰ってくるの遅すぎじゃね？

　昼休みも結局なんで呼ばれたか、平太も知らないって言ってたし。

　それに、

「お～い、七彩～」

　声に元気がなさすぎる。だから……。

「何？　飛鳥……」

　少しして、ガチャッと俺の部屋のドアが開いて顔を覗かせる七彩。

「俺の部屋でちょっと話さないか？」

　……話くらい、聞いてやろう。

「……なんでよ……。まぁいいけど」

　そう言って渋々(しぶしぶ)俺の部屋に入る七彩は、セーラー服のよく似合う、そんな奴で。

　こうしてスルッと入ってくるってことは、俺のことを、なんとも思っていないんだろうってこと。

　まだまだ道のりは長いと感じる。

　というかコイツ、好きな奴でもいるのか？

　いたら勝てるかな、俺。

「ねぇ飛鳥。なんの用？　まさか本当にお茶でもしながらお話しませんか？　うふふ〜なことは言わないよね？」

　は？　コイツは何を言ってるんだ……。

「バカ七彩。そんなこと言うわけないだろ」

　コツン、と七彩のおでこをつついたつもりだったけれど、ゴツンと意外と大きな音がした。

「うわ、いい音がした。最悪」

「……脳みそ空っぽなんじゃね？」

「うっわ〜。私がバカって言いたいの？」

「ありえない」と呟きながら、髪を結わき直す七彩。

　……まぁ女子なんだろうけど、女子っぽくないというか。

　今まで会ってきた女子とは違いすぎるから、女子に見えないのか？

「で、何。話って」

　そうだった。

　コイツが元気なさそうだから聞いてやろうと思ったんだった。

「早くしてよ。なんの用なの？」

　……かわいくない。

　やっぱ、聞いてやらなくてもいいかも。

　とは言いつつ、七彩は一緒に住んでいる、いわば家族みたいな存在だ。

　それなりに……大事だと思ってるし？

　やっぱり好きだから心配はする。

「七彩、お前、今日なんかあったのか？」

バフッと俺のベッドに座る七彩は、目を丸くして俺を見てきた。

「……なんで」

「なんとなく」

やっぱり……なんかあったんだな。

「ずいぶん勘がいいんだね」

「……七彩のことなら、だいたいわかる」

朝昼晩、一緒にいれば。

声を聞いただけで、七彩が元気かどうかくらい、余裕でわかるっつ〜の。

「変なの」

寂しそうに笑う七彩は、やっぱりいつもの元気がない。

そんなん、お前じゃないだろ。

「言ってみろよ。聞くだけ聞くから」

「聞くだけなのね」

七彩は、ゆっくりと話し出した。

「……ということなの」

「ごめん。全然わからなかった……」

七彩は長々と、今日の昼休みの担任の呼び出しから、放課後のその……晴飛？って奴とのことまで話した。

しかし、よくわからない。

しかも晴飛って奴が気に入らない。

七彩と仲よく校舎をまわりやがって。

「……ねぇ飛鳥。どのへんがわからないの？」

は？

決まってんだろ、そんなん……。

「お前が元気がない理由だよ」

「え？」

「だから！　今の話のくだりで、なんでお前が落ち込むんだよ！」

だってそうだろ？

一緒に校舎まわって、そしたらなんか晴飛の機嫌が悪くなって、質問を１つスルーされただけじゃねぇか。

仲のいい奴とかなら気にするかもしれないけど、初対面の奴だろ……？

「言われれば確かに……。ねぇ飛鳥。なんでだと思う？」

「それも俺に聞くのかよ」

「だってわからないんだもん」

はぁ、コイツやっぱ俺よりバカなんじゃね。

特待生らしいが、本質はバカだろ。

てか鈍感？

「ねえ、飛鳥ほんとにわからない？」

……ダメだコイツ!!

今の自分の状況をわかっていない!!

いつもより低めの位置で結ばれた髪が、七彩の肩に落ちていて。

くの字に膝を曲げてペタンと座っていて。

セーラー服で上目づかいって。

こんな七彩に動揺するとか……俺、おっさんなのかもしれない。
「……七彩、なんでお前が落ち込んでるのか教えてやるから、その座り方やめろ」
「は……？　なんで……？」
「いいからやめろ」
「……自分は体が固くてできないからとか、そういう理由ならやめてよね」
　ちげぇし。
　お前、ほんとわかってなさすぎ。
　バカだ。
「ま、いいや。ってことは飛鳥は私が落ち込んでる理由、わかるってことだよね？」
「え、まぁ……」
　七彩はそそくさと正座に座り直すと、俺を見つめる。
　あ、ベッドの上に正座って。
　なんか忠犬っぽい。
「早くしてよ」
「教えてやるんだから少しくらい待てよ」
　ぶっちゃけ、２通りの可能性がある。
　そして、どちらも七彩にはありえなそうなんだが……。
　まあ、言うだけ言ってみるか。
「いいか七彩。考えられる原因は２つあるんだ」
「ふむ」
「お前が、晴飛って奴のことが好きだった場合と、輝夜が好きだった場合の２つだ」

「は？」

いや、自分でも無理を言っているのがわかる。

「……ありえないんだけど」

「俺、これしかわかんねぇからあとは知らねぇわ」

「……なんでそう思ったの」

「……晴飛に冷たくされて落ち込んでいるのか。晴飛が暴走族を嫌ってるのを見て、落ち込んだのか。の、２択」

「待って。晴飛くん、暴走族が嫌いなの!?」

は？

コイツ、バカ？

「俺、お前の話を聞いてそう理解したんだけど」

てか、確実にそうだろ。

暴走族と関わりはないか、とまで聞かれたらしいし。

「……あ、だから怒ってたの？　いや、それだけで怒るなら、なんて器の小さい奴なんだろう……」

おい、お前。

今日会ったばかりの奴に器が小さいとか言うなよ。

ぶっちゃけ、七彩には後者であってほしいと思っている。

なんか話を聞く限り、俺、絶対に晴飛のことを好きになれない自信あるわ。

勝手な対抗心が芽生える。

……なんでそんな気持ちが出てきたのかなんて、そんなの答えはわかっている。

納得いかない

晴飛くんを好きか、輝夜を好きか……。

私は飛鳥の部屋を出て、制服も着替えずに自分のベッドにダイブしていた。

……灯(あか)り、まぶしいな。

晴飛くんはいい人だと思うし、あの学校で唯一のまともな人だし。

仲よくなりたいと思う。

もっと話したいと思う。

……けど、好きかって言われると、まだ会ったばかりだしよくわからない。

……なら、輝夜が好きってこと？

正直、最近の私の気持ちは、これに近い。

輝夜は楽しくて、みんな私に優しく接してくれて。

警察に追いかけられたりもしたけど、たくさん笑った。

笑い合った。

もう、

「嫌いなわけ、ないじゃん……」

そんな気持ちと同時に、飛鳥とバイクに乗ったこと、買い物に行ったこと、たまり場でバカやったこと。

私の輝夜との思い出全部の中心に飛鳥がいて。

部屋に勝手に入ってきて毎回言い合いになること、それも少し楽しいと思っていること。

　私が元気ない時に真っ先に気づいてくれたこと。
　最近の私の生活は、全部飛鳥だらけだ。
　大嫌いだったヤンキーが、なぜかこんなにも居心地のいい存在になっているなんて。
　でも、そう気づいたのと同時に、お母さんのことが思い出された。
「……ダメだ」
　私の中で“ヤンキーが嫌い”という気持ちも消えないし、彼らのことを大切という気持ちも消えない。
　飛鳥への気持ちは──、気づきかけのまま忘れられるだろうか。
　飛鳥と話したことで確実に答えは出た。
　それでも、認めたくない気持ちが強くて、頭の中がパンクしそうだ。
　輝夜のことが好き？　嫌い？
　飛鳥のことは……？
　自分の中で気持ちがケンカしている。
「……寝よう」
　寝て起きたらすべて忘れて、解決する気がした。
　そんなわけないってわかっているけど。
　帰ってきた格好のまま、ベッドに潜り込む。
　時間も時間だし眠れるわけがないんだけど、今の私には寝転ぶ以外、何もできない気がした。

初めてのケンカ

【飛鳥side】

「おい、七彩？」

　夕ご飯の時間になっても、リビングに来ない七彩。

　いつもなら率先して母さんの手伝いしてるはずなのに、料理ができてもなお出てこない。

　母さんは、

「七彩ちゃんだって、疲れちゃってる時くらいあるでしょ？」

　って言っていたけど、俺とあんな話をしたあとだから、部屋で時間を忘れて悶々(もんもん)と悩んでんじゃないと思った。

「メシいらねぇのか？」

　ドア越しに話しかけるけど、返答はない。

　でもドアの下から灯りが漏れている。

　寝ているわけではなさそう……？

「七彩～？」

　そのままドアノブを押して部屋に入る。

　……が、やはりというか普通そう思うべきだったというか七彩は寝ていた。

「よく灯りつけたまま寝れるなコイツ……」

　って、制服のままじゃねぇか。

　それに布団もかぶってないし、風邪ひくぞ？

　七彩の近くまで行くと、スースーと寝息が聞こえた。

……よく寝てるな。

まだ早い時間なのに。

もしかしたら悩みながら寝たのかもしれない。

……いや、七彩のことだから、適当に答えを出してすっきりして寝たのかもしれないけど。

「おい、起きろ～」

……起きねぇし。

「お前のメシ食っちゃうぞ」

……これで起きねぇとかマジ？

コイツ、七彩に見せかけた別人だったりする？

顔を近づけて、よくよく目を凝らして七彩を見る。

その時、視界の端にセーラー服の隙間からチラッと肌が見えて、思わず体を引いた。

あぁもう、なんでこんなかわいく見えるんだろう。

もはや病気だな、これ。

「七彩……」

起きないなら。

「……襲っちゃうぞ」

ボソッと、本当に小さい声だったと思う。

自分でもどちらかといえば欲求が口に出ちゃった感じ。

どうせ寝てるから聞こえてない……よな？

そう思って七彩を確認すると、

「……おわっ、七彩」

目をパッチリと開けた七彩と目が合った。

「お、おはよう、七彩」

聞かれてないよな？　聞かれてないよな？
「……なんでいるの」
「メシなのに来ねぇから、呼びにきた」
「……え、嘘。ヤバイ、夕ご飯の手伝い――」
「それなら、母さんが今日はいいって言ってたぜ」
「……そう、よかった」
あれ、珍しい。
俺が無断で部屋に入ったこと、まったく気にしていない。
寝ぼけてるのか？
なんか、キョロキョロしているし。
「……なんか、目覚めが悪い」
「そりゃ中途半端に寝たからじゃねぇの？」
「いやなんかね……、ゾッとして起きた」
「は？」
「身の危険を感じた。……悪寒っていうの？」
……おい、まさか俺の言葉で起きたとかじゃねぇよな？
「悪い夢でも見たんじゃね？」
「そうだよね。不審者でもいたのかなって思ったけど、そんなわけないよね」
その不審者は俺である可能性が高いが、ここは適当に誤魔化しておく。
っていうか七彩、寝ぼけてるにしても元気なくね？
「飛鳥、さっきのことなんだけど」
先に部屋を出ようとした七彩が、振り返って俺のほうを向く。

「いや、ちょっと待て。さっきのあれはやましい気持ちはなくてだな」
　結構アリアリだったけど。
「……飛鳥がなんの話をしてたかわからないけど。考えても、全然わからなかったや」
　俺も七彩がなんの話をしてるかわからないけど。
　いや、もしかして晴飛って奴の話をしてるのか？
　わからないって何が？
　好きなのが、俺たちか晴飛って奴かがわからないってことかよ？
「いや、お前……」
　そこは俺たちだろ。
　文句を言おうとしたけど、七彩の顔を見て言えなかった。
「……なんでそんな顔してんの」
　気まずそうに、目を逸らす七彩。
　その顔を見ただけで七彩が悩んでいるのがわかる。
　七彩はわかりやすい。
　それは、俺がずっとコイツを見てきたから。
　そして好きだから、わかる。
「俺たちのこと、やっぱり好きになれないわけ？」
「ちが……」
　これ以上どうすればいいんだよ。
　俺たちはとっくに、お前を大切に思っているのに。
　そう思っても、伝わらない。
「……飛鳥たちが、暴走族じゃなければよかったのに……」

俺の背中がヒヤッとした。

　まさか七彩から、そんな言葉を言われるとは思っていなかったから。

「ご、めん……」

　でも、七彩も思わず口に出してしまったようで、口元を押さえている。

　どうすればいいんだろう。

　七彩は肩を震わせ、俺とは目を合わせないようにうつむいている。

「……そうかよ」

　自分でもびっくりするくらい低い声が出る。

　七彩は少しビクッとして、逃げるように部屋を出た。

　七彩の言葉は、俺の中で思った以上に重たくて。

「……なんでだよ」

　どうしても、俺らと向き合ってくれねぇのかよ？

　アイツの過去に何があったか知らない。

　きっとトラウマになるくらい、俺らみたいなヤンキーとかかわりたくない何かがあったんだと思う。

　それでも、俺なりに七彩のことを大事に思ってきたのに。

「バカ七彩」

　もう背中しか見えない七彩に向けて呟く。

　もちろん振り返ってくれるはずもなく。

　このモヤモヤとした想いをどうにもできずに、このあとは七彩を避けた。

晴飛くんの正体

イライラというか、モヤモヤというか。

自分の中にある矛盾した気持ちを、どちらも捨ててしまいたい。

昨日、飛鳥を怒らせてしまったかもしれない。

さすがに呆れられたかなと思うとズキズキと胸が痛む。

でも、１日では絶対に答えなんか出ない。

輝夜のこと、好きなのに、嫌いで。

嫌いなのに、好きだ。

昨日はそればかり考えていた。

「おはよう倉木さん」

もう下校時刻だというのに、おはようと声をかけてくる晴飛くん。

とりあえず、その日に初めて会った人には『おはよう』と声をかけるタイプなんだな。気持ちはわかる。

……晴飛くんの顔を見て、そういえば昨日は飛鳥に輝夜を好きか晴飛くんを好きか聞かれたなぁと思い出す。

そういう話になったのは、自分の質問からだったなぁと。

それを忘れていたのは、私の中で晴飛くんが好きという選択肢が一瞬で消えたせいだ。

でも、だからといって輝夜が好きなのか？

それが今の最大の悩みである。

「倉木さん、ちょっと話せたりする？」

「うん」

私も、晴飛くんに輝夜のことが嫌いな理由、聞こうと思ってたんだ。

嫌いかわからないし、そもそもヤンキーが嫌いな私が聞くのもどうかと思うけど。

「ごめんね、こんなところで」

「大丈夫」

少し肌寒い裏庭。

ベンチに２人座る。

「……七(なな)ちゃん」

「……は!?」

晴飛くんの口から、聞き慣れない呼び方が。

「覚えてない？　俺のこと」

「いや、まったく」

晴飛くんの顔をよく見てみるけど、本当に見覚えがない。

「まぁ七ちゃん、小さかったもんね」

仮に小さいころの知り合いだとして、それは同い年の晴飛くんも同じでは……。

「……俺はよく覚えてるよ」

私はまったく覚えていないけど。

不審そうに見る私に気づいたくせに、晴飛くんはにこっと笑った。

「だから、いろいろ知ってる」

「え……」

いろいろ。

その言葉は含んだ言い方だった。

「……お母さんが亡くなった理由とか」

「ちょっと……待って」

なんで知っているの。

輝夜や涼子さんにも言っていないし、ただ、お母さんが死んだからとしか言っていないのに。

「だから……ヤンキー嫌いになるのも無理ないよね」

確かに大嫌いだけど。

なんで晴飛くんが知ってるの、いったいどうやって知ったの。

「……七ちゃんの、一番近い人から聞いたんだよ。俺がここに転校してきたのも、その人に頼まれたからだしね」

そんな人、1人しか思いつかない。

「さすがに忘れてないよね？　お父さんだもんね」

「……」

「七ちゃんのお父さんから、ヤンキーなんかに絡んでいるなら絶対に引き離してこいって頼まれて」

よくわからない。

確かに、お父さんはそういうのを毛嫌いするタイプだったかも……と幼いながらに記憶がある。

でも、なんでこの人がお父さんと知り合いなんだろう。

しばらく考えていたけど、お父さんと関わりがあると聞いて、なんとなく気づく。

「……晴飛くん、もしかして」

「思い出した？」
　私には、父方の親戚に３つ上のいとこがいる。
　遊んだことはあるらしい。
　私はその彼を晴(はる)くんと呼んでいたと……。
「……３つ上じゃなかった？」
「そのへんは、ちょちょいと誤魔化して転入してきた」
　……そんなこと、可能なのか。
「俺は、七ちゃんのお父さんが言っていることが正しいと思う。戻ろう、元いた学校に。今いる家も出て、お父さんと暮らせばいい」
　だからって、わざわざ高校生のフリまでして、来る？
　お父さんは、私が小さいころにお母さんを置いて他の人のところへ行った。
　仕事で大きな役職についているせいか世間体をすごく気にしていて、私は小さいころ以来会ったことがない。
　顔もボヤ～ッと覚えて……いるかどうかだ。
　……てっきり、あの人の中で私とお母さんはいないものとなっていたかと思っていた。
　そんな人が今さら、私と暮らそうなんて。
「……なんで？」
「予想だけどね。暴走族の総長なんかの家に娘がいるって知られたくないんじゃない？」
「絶対、行かない」
「七ちゃんは、そう言うと思ってたよ」
「わかってるなら、言ってこないで」

「別に一緒に暮らしたいわけじゃないんだよ。七ちゃんのお父さんとしては、暴走族の人たちと仲よくしてほしくないだけだから。もう1回、アパートに戻ればいいんだよ。お金なら心配いらないってさ」

……お母さんが死んだ時、連絡の1つもよこさなかったくせに。

しかも結局、自分じゃなくて晴飛くんをよこすなんて。

「お金なら、もう他人のようなもんだから、いらない」

今さらお父さんにお金の援助なんかしてほしくないという気持ちもあるけど、それ以上に、ここで援助を受けてしまったら、私が飛鳥の家にいる意味がなくなってしまうような気がした。

「今、住んでるところを変えるつもりはないから」

「なんで？」

「いや、なんでって……」

あんな父親が用意した家に住みたいと思う？

「ヤンキーなんて、七ちゃんのお母さんを殺した奴らじゃん。……ねぇ、なんで七ちゃんはそんなに甘いの？　ヤンキーなんて、みんな一緒だよ。しかも、暴走族なんてもってのほかでしょ」

私が今、悲しいくらい悩み中な内容を、ドンピシャでペラペラ喋る晴飛くん。

私が一番よくわかっている事実に何も言えない。

飛鳥たちはそんなんじゃないって言える？

そんなのわかっている、けど。

自分の心に正直な私は何も言えない。
「……でも……」
「バカだね、七ちゃん」
そんなの、わかってるよ。
嫌いなのに、好き。
そんな矛盾した感情は、本当にバカだと思う。
「七ちゃんの中に迷いがあるってことは、それが答えなんだよ」
返事はゆっくりでいいよ、なんて言葉を残して晴飛くんは帰っていった。
何も言い返せなかった自分が悔しい。
何より、飛鳥たちを暴走族として見てないって言いきったのは自分だったのに、結局そう見てしまっていたのだ。
……私は、最低な人間だと思った。

伝えたい思い

【飛鳥side】

「と、いうことがあったんだがどう思う？」

「「は？」」

今は、放課後の学校のたまり場。

俺は、七彩との10日ほど前の出来事を千尋と直に話していた。

平太と咲人は追試らしい。

あの２人は進級が心配なくらい勉強できないからな。

「……待って。飛鳥、もう一度説明して」

千尋はやはり困惑しているようだ。

いや、俺のほうが困惑したけどな。

なんかモヤモヤイライラするし、よくわからない気持ちになるし、もうなんなのか。

「つまり、話をまとめると、七彩ちゃんが落ち込んでる理由として、杉林晴飛か輝夜を好きなんじゃないかと考えた。そしたら七彩ちゃんの結論は、まさかの“全然わからない”。……ここまでいい？」

……いや、合ってるけど。

「お前なんで晴飛って奴の名前……」

俺、転校してきた奴としか言ってないのに。

「転校生は、把握してるんだ。七彩ちゃんの時ももちろん、ね。ただ、なんで？　とか聞かれるのめんどくさいから、噂になってるって言ったけど」

「へぇ……」

「で、飛鳥は何に悩んでるの」

……何って、そりゃあ。

「七彩なら、絶対に輝夜だって即答かと思ったんだよ。というか、それを聞きたくてわざと吹っかけたみたいなのもあってさ」

「う〜わ、飛鳥ダサ……」

直はそういうの、素直に言えるからいいよな。

……って、嫉妬しても仕方ねぇか。

「そしたら飛鳥、フラれちゃったんだ？」

少し楽しそうに笑う千尋。

……なんかうれしそうじゃね？

「飛鳥が失恋って面白れぇなぁ〜。七彩チャンすごすぎ」

直は、触っていたスマホをポイッとソファに投げると、俺に目を合わせてニヤニヤと笑ってくる。

その顔ムカつくし。

っていうか、お前ら俺の悩み、軽く見すぎじゃね？

「七彩が俺らのことを好きじゃなくて、輝夜から離れていったら、辛いの俺だけじゃねぇだろ？　それに……」

俺は千尋たちに……。

『暴走族じゃなければよかったのに』

そう言われたことだけは言えずにいた。

そんな言葉、聞くのは俺だけで十分だと思った。

あの言葉は俺の中で今もグルグルとまわってる。

「ただいまー!!」
　追試帰りだと言うのに大声で帰ってきた平太。
　咲人は超眠そう。というか、その寝ぼけ方からして追試中も寝てたんだろうな。
「……なんの話してたんだよ」
「飛鳥の恋の話だよ」
「あぁ、七彩か」
　気持ちを知られているのはわかっているんだけど、名前を出されるとなんか恥ずかしいからやめてほしい。
　今は少しギクシャクしちまっているし……。
「……何かあったのか？　ただの惚気じゃねぇんだろ？」
　俺、惚気たことなんかねぇんだが。

「ふ〜ん」
「え、飛鳥フラれたのか⁉」
　話を聞き終えた咲人と平太は、それはそれは楽しそうにそう言った。
「あれ、そういえば俺、今日、七彩と転校生を見たかも!!」
　平太はそう声を上げた。
「……なんか、教室に2人でいた！」
「教室で2人とか……、七彩チャン取られるカモ？」
　正直、俺はそれどころじゃない。
「俺ら暴走族だけど、七彩チャンをポッと出の転校生に取られるのは納得いかないヨネ〜！」
　確かにそうなんだけど、俺の心のダメージはそれだけじゃなくて。

「飛鳥さ、他にもあるんじゃない？」

そう言ったのは千尋で。

「なんでそう思うんだよ？」

「飛鳥のことは僕が一番わかってると思うけどね」

千尋は、いつもそうだ。

俺のこと、一番そばで見ていてくれている。

「……飛鳥、言いなよ。僕たち仲間でしょ？　辛さは共有しなくちゃ……ね？」

俺の判断で言いとどまったことも、千尋がそう言ってくれるなら大丈夫な気がしてしまう。

あたりを見まわす。

みんな、俺の話を真剣に聞こうとしてくれている。

まっすぐ俺を見ている。

言ったらコイツらが傷つくんじゃないかって思った。

それに……、この言葉によってみんなが七彩に腹を立てるんじゃないかとも思った。

けど、コイツらはそんな奴らじゃない。

「……七彩に、『暴走族じゃなければよかったのに』って、言われた」

「「「え……」」」

「その時の七彩、なんか消えちまいそうで……。何も言えなかった」

「七彩がそんなこと言ったのか」

咲人は、少し戸惑いながらも怒ることなくそう言った。

　真っ先に怒るなら咲人だろ……と思っていたから、少しホッとする。
「やっぱ七彩チャンはヤンキー絡みでなんかあったヨネ？しかも結構重たそう」
「……直もそう思うか？」
　でも、俺らが七彩に聞いて話してくれるのだろうか。
　話してくれる気があるなら、とっくに話してくれてると思うし。
「僕もそう思う」
「じゃあさ!!　七彩に、お前の嫌いな奴らと俺らは違うんだぜ！　っていうのを伝えればいいんじゃね!?」
「でも、それだけで七彩はまたいつもみたいに笑い合ってくれんのかな」
「飛鳥にしては珍しく弱気だよね」
「……仕方ねぇだろ。どうすればいいんだよ」
　今の俺、本当にカッコ悪い。
「……迎えに行けよ、飛鳥」
　そんな俺に、咲人が背中を押す。
「……七彩に会う。そして、俺らもちゃんと七彩と向き合う。七彩は悩んでんだ。……手を引いてあげろよ、それができるのは飛鳥だけだろ」
　咲人は女のこと嫌いだけど、七彩のことはちゃんと見ている気がする。
　……なんか、悔しいけど。
「俺、総長なのにカッコ悪いよな」

この輝夜の、トップに立っているんだ。
それなのにウジウジしてるし、七彩に会ってから、俺もいろいろ変わった気がする。
「なに言ってんだよ。飛鳥がカッコ悪いなんて、今にはじまったことじゃないだろ」
「は？」
平太のひと言に、マヌケな声が出てしまう。
平太はへへんっ！と威張るように俺の前に立つもんだから、チビのくせになんか上から目線に感じる。
「……俺らの総長だもん。カッコ悪くたってそれが飛鳥だぜ。カッコ悪くてもいいから行ってこい!!」
平太はニカッと笑って俺の背中をバシンと叩いた。
「俺、行ってくるわ」
なんか、勇気を貰った気がする。
「お〜！　いってらぁ〜」
「頑張れ」
今、話していて思った。
俺、本当に七彩のことが好きだ。
そして、輝夜のことも好きだ。
だけど……七彩はヤンキーが嫌いだ。
でも、自惚れかもしんねぇけど、アイツは俺らのことを嫌いじゃないと思うんだ。
だから今、アイツのところに行かなきゃと思う。
アイツの過去のトラウマを吹き飛ばすくらい、俺らは俺らだってことを伝えたいから。

後悔しないために

飛鳥と気まずくなってから10日くらいたったけど、気分は最悪なままだった。
『暴走族じゃなければよかったのに』
あんな言葉、言いたかったわけじゃなかった。
でも、どうしてもお母さんのことがグルグルして、思わず言ってしまった。
飛鳥たちのこと、本当に好きだと思う。
信頼もすごくしている。
だからなおさら、彼らが暴走族じゃなかったら、何も後ろめたくなく仲よくなれたのかなと思ってしまう。
「……飛鳥、怒ってるよね」
飛鳥は暴走族っていうのを、色眼鏡で見られるのをすごく嫌っているのに。
「嫌われちゃったかな」
口に出してみると、予想以上に胸ズキズキする。
嫌われたくない。また七彩って呼んでほしい。
あの時はふざけてるって思ったけど、ゴリラとかなんやら、バカにし合って笑い合ったのも本当に楽しかった。
放課後、こうやって１人になるのは大丈夫なはずだったのに今は物足りなくて。
家でも、ここ10日間はすべてがつまらなかった。
こうやって待っていたら、

「早く来い」

　って呼びにきたり、とか。

　ふと携帯を見たら、

【今日は夕飯４人分追加な】

　って飛鳥からメールが来たり、とか。

「しないかな……」

　バカだな、私。

　そんなことを考えていたら、気づけば教室に１人。

「……帰ろう」

　待ってても、彼らが来てくれるわけではないし。

　机に出しっぱなしにしていた教科書を片づけていると、

「あれ、これって」

　１冊のノートが間にあった。

　ところどころ盛り上がった、古いノート。

「……お母さんのだ」

　昨日、教科書が変わるからって荷物を整理した時に紛れちゃったのかな。

　何が書いてあるんだろう。

　いつも明るかったお母さんの、弱音の吐き出したものだったらどうしよう。

　そう思ったら、ずっと読めずにいた。

　でも、それは私の予想とは違ったものだった。

「……アルバム？　ではないけど……」

　中には、幼い頃の私の写真が数枚と、お母さんの手書きのメモ。

箇条書きのように、その日あった出来事が書かれていた。

私の泥だらけの写真。その下には……。

【七彩、かけっこで１等！】

と書かれていた。

っていうか、かけっこで１等になりながら泥だらけって、私ってば何したんだろう……。

ページを次々とめくり、目を通す。

そして最後のページをめくろうとした時、私の手が止まった。

端っこに書かれたお母さんの文字。

【七彩は宝物で、私は七彩が大好きです。だから、あの人に出会ったこと、後悔してません】

私は無意識にその文字をなぞっていた。

後悔してないって、力強く書かれた文字。

私、何をやっているんだろう。

本当にこれでいいのかな。

……輝夜から目を逸らしたままでいいのかな。

もしもこのままお母さんのことを言い訳にして、飛鳥たちから離れてしまったら、私、絶対に後悔する。

「……七ちゃん」

人が感極まってる時に、おかまいなしに教室に入ってきたのは晴飛くん。

「……何か用？　晴飛くん違うクラスでしょ」

「冷たいなぁ、俺のクラスが追試用の教室になっちゃったから追い出されたの」
「なら早く帰れば？」
「じゃあ一緒に帰ろうよ」
……どうしてそうなる。
この10日間、私のまわりに人がいなくなった時を狙って声かけてくるの、絶対わざとだよね？
「……そろそろ、答えが出たかなって思ってね」
いつもそのセリフを言ってくるね。
昨日まではグルグルと悩んでいた。
けど私、決めたんだ。
「私さ、ちゃんと向き合うことにした」
「……それって、あの暴走族とこれからも仲よくするってこと？」
「そう」
仲よくするというか、今までどおりに戻りたいと思った。
「私、どこかお母さんのことを言い訳にしていたんだと思う。もうとっくに輝夜のことを大切に思っているのに、何か踏み出せずにいたんだと思う」
千尋はどこか性格も笑顔が黒いし、直はチャラくて発言が変態。
咲人はいつもふてくされてて、平太なんてうるさいしバカだけど。
みんなの輪の中は居心地がよくて、気づけば笑っていることが多かった。
飛鳥のことも……。

「輝夜は暴走族だからって考えちゃって、ずっとモヤモヤしてて。暴走族じゃなかったらいいのにな、なんて思っちゃったりもした。でも私、俺様な飛鳥もたまに優しい飛鳥も、私が元気ないってすぐに気がついちゃう飛鳥も知ってるから。総長の飛鳥も飛鳥なら、私は……」

私は、そのすべてが飛鳥で、そのすべてがなきゃ飛鳥じゃないと思う。

その１つでも欠けた飛鳥といたいなんて、思わない。

ヤバイ……、気持ちが昂っちゃって涙が出そう。

うすら鼻声になったけど、私は止めなかった。

……あぁ、どうしよう。

今、とてつもなく飛鳥に会いたい。

そしてちゃんと伝えたいの。

「七ちゃん、正義の塊みたいだったのに変わったよね」

「そー？　晴飛くんもたいがいだと思うけどね」

なんか少し泣きそうになってしまったことが悔しくて笑ってみせる。

私のその下手な笑顔を見てか、晴飛くんの眉間にシワが寄る。

そして、

「やっぱり七ちゃん、１回元の学校に戻ろう。頭を冷やすべきだ」

そう言って私の腕を掴んだ。

「今日、ちょうど七ちゃんのお父さんと会う約束があるから。一緒に行こう」

「いや、ちょっ……」

——バンッ！

思いっきり身を引こうとした時、教室のドアが乱暴に開かれた。

「え、飛鳥……？」

そこには、少し息を切らした飛鳥が。

なんでそんなに焦って……？

飛鳥は無言でズカズカとこちらに向かってくると、そのまま晴飛くんの腕を掴んで、私から遠ざけるように軽く突き飛ばした。

「……いって」

「……お前が晴飛？」

飛鳥は晴飛くんを睨む。

けど、次の瞬間にはもう目を逸らしていて、

「ま、どうでもいいや。俺は、七彩に用があるから」

その視線は私へ。

腕が解放されて少し安心する。

……来てくれたんだ。

私、飛鳥に言いたいことがあるの。

……謝らなきゃ、とも思っていたの。

「七彩」

飛鳥に呼ばれて目を合わせる。

「俺、これだけ言いに来たんだ」

そう一呼吸おいて、飛鳥は言った。

「あのさ、これまで七彩が見てきた俺、全部が俺だから。

七彩とくだらねぇ話してんのも、アイツら4人とバカやってんのも……。そして輝夜の総長も、俺だから。全部を、俺として見てほしい。七彩が大切だから。俺は、お前のこと絶対に諦めねぇから」

飛鳥はゆっくりとそう言い終わると、合わせていた目を照れたように反らした。

「……つって、まぁそれだけなんだけど」

これを言いたかったんだ、と言われ、なんか私まで照れてしまう。

「……晴飛くん」

私は、呆然と立っている晴飛くんに、お母さんのノートを押しつけた。

「……これ、お父さんに渡して。最後の文字をこの文字のまま伝えたいから」

お母さんは、お父さんと出会ったこと、後悔してないってこと。

そして、

「私のこと、もっと知ってから来いって言っといて。あと30年くらい勉強してから！　ってね」

今は、このまま飛鳥といたいってこと。

晴飛くんは私の押しつけたノートを受け取ると、はぁ〜、と長いため息をついた。

「やだやだ。何を好んで俺は妹のラブシーンを見なきゃいけないわけ？」

「は？　妹……？　七彩の、兄貴か？」

「違う！　いとこ」
「……いとこ？」
「といっても、私は最初まったく気がつかなかったし、十何年ぶりだったけど」
　……いとことの久しぶりの再会が、こんな形になっちゃったこと、少しショックだ。
「……七ちゃん、七ちゃんは強くなったんだね。これは、お父さんに渡しとくよ」
「え……」
　意外とあっさり引き下がったことに少し驚く。
「俺は七ちゃんのお父さんに頼まれたから来たけど、正直、俺も心配してたっていうか。七ちゃんって頑固だよね？　一度答え出した七ちゃんの気持ちは変わらないんだろうなって。いいお土産もできたし」
　晴飛くんはそう言って、教室から出ていった。
　きっと晴飛くん、本人も言ってたとおり心配もしてくれていたんだと思う。
　私が、いくら悩んでも答えが出せないくらいなら、お父さんのところへ行ったほうがいいって考えてくれたのかもしれないし……。
　そう考えると、悪い人ではなかったのかな？
　結構イライラしたことも多かったけど！
　……けど、今回のことで本当にはっきりしたの。
　私がどうしたいか……。

「飛鳥」

「……なんだよ」

「……飛鳥、私も同じことを思ってたよ」

「ん？」

「今の飛鳥が飛鳥で飛鳥だから、私は……飛鳥は飛鳥だと思う！」

「お前、本当に特待生か？」

　だってほら、なんかしんみりしちゃったし。

　思っていること、そのまま口にしたらそうなっちゃったんだもん。

「……まぁいっか。語彙力ねぇの、なんか七彩って感じするもんな」

「……失礼すぎ」

「だって本当のことだろ。……帰るぞ」

　飛鳥はそう言って、私の手を引いた。

　私に背を向けて、一歩前を歩く飛鳥。

　あぁ、どうしよう。

　心臓が、すごくうるさいよ。

「ありがとう、飛鳥……」

　その手の温もりが移ったかのように、胸が温かくなった。

七彩がくれた答え

【飛鳥side】

「……」

「……」

なんだ、この沈黙。

俺は七彩の手を引いて歩いていた。

いつもガヤガヤしている通学路なのに、なんか七彩の手以外に意識がいかねぇせいか、静かに感じる。

今日はこのまま家に帰るつもりだ。

さっきそのことをみんなに連絡したら、

『奪還成功？』

なんて言ってやがったから、

「当たり前だ、俺を誰だと思ってんだ」

って言ったら、七彩がすごい顔でこっちを見ていた。

……あれはドン引いてる顔だな。

あれから、七彩に晴飛って奴とのことを聞いた。

前の学校に連れ戻されそうになっていたとか。

でもそんな状況でも七彩は、俺たちのことをきちんと見てくれて、そしてここいることを選んだ。

結局は断られ続けてるから七彩は姫なんかじゃないし、ましてや暴走族でも、ヤンキーでもない。

七彩は、やっぱり俺たちのことを嫌いなんじゃないかって思ってもいた。

けど、それは違ったんだな。

俺たちが少し離れている間、七彩の中できっと何かが変わったんだと思う。

俺は、その理由を聞き出すことはしないでおく。

……こうやって俺についてきてくれるなら、七彩が話したくなる時に話してくれればいいや。

……俺は、七彩が言えるようになるまでずっと待つから。

そう思って、手を少し強く握り直す。

それに気づいたのか、七彩も俺の手を握り返す。

「ありがとう、飛鳥」

ボソッと呟かれた言葉に、きゅんっと胸が鳴る。

あ〜もう、ダメだ。

俺、コイツのことがどうしようもなく好きなんだ。

好きで好きで、誰にも渡したくねぇんだ。

好きで好きで、誰にも触らせたくねぇんだ。

こんな気持ち、初めてすぎてわからねぇよ。

ふと後ろを振り返ると、俺と繋がれた手を頼りに必死についてきている七彩。

俺が振り返ったことに気づいて、顔を上げた七彩と目が合う。

「……っ!!」

七彩の目は涙ぐんでいて、少し困っていて……。

やっぱりダメだ。

コイツがかわいくてかわいくて仕方なく見えるし、女の子だって感じてしまう。

「飛鳥……？」

「え、あ、ごめん」

じっと見つめてしまっていたらしい。

足も止まっていたみたいだし。

「……ねぇ飛鳥、ごめんね……」

その言葉の意味はすぐにわかった。

『暴走族じゃ、なければよかったのに……』

あの言葉を、七彩は気にしているんだ。

「もう気にしてねぇよ」

「でも……っ」

「俺は、お前から聞きたかった言葉、もらえたから。それで十分だわ」

俺は俺だから、って言ってくれた。

七彩のヤンキーが嫌いという気持ちを飛び越えて、俺とこうしていてくれるんだから。

この手を、離したくないと思えるんだ。

「そ、そっかぁ……」

何やらあわあわとしながら俺と繋いでない手のほうで、前髪をいじる七彩。

ここまで好きだと、何をしてもコイツがかわいく見えてしまうのは問題だし、過去の『ゴリラ』なんて言ったことも問題だ。

けど一番の問題は、コイツはあの晴飛って奴が好きだったかもしれないってことだ。

……っていうか、いとこだからそれはないか？

でも七彩は晴飛の正体を最近知ったみたいだし、もしかしたら好きだったって可能性もあるな……。

そうだよ、俺に質問された時、迷ってたじゃねぇか。

で、輝夜のことが好きってさっき言ってたよな？

輝夜と迷うほどってことは、晴飛を好きってことじゃねぇか！

初めて見たが……いわゆる真面目くんだったな。

あんなタイプが好きなら、俺は勝てるかな……。

どう考えても俺と正反対だし。

今、晴飛のこと……どう思ってるんだ？

「な、七彩……」

「何」

「え、なんでお前そんなに刺々しい口調なんだよ」

勇気を持って晴飛のことをどう思っていたのかを訊こうとしたのに、なぜか七彩からは、『何』というたった２文字の威圧。

さっきまで普通だったじゃねぇか。

いや、普通よりも柔らかいというか、穏やかだったじゃねぇか……。

どうしたんだ？　今なんかあったか？

「……心配していたとはいえ、ちょっとあの連れ戻し方はなかったなって……」

「あぁ」

「晴飛くんに、ドロップキックでも決めてくれればよかった」

ど、ドロップキック……。

さっき悔いたばかりだけど、無理だ。

コイツほんと女子じゃねぇ。ゴリラだ。

これ尋ねるまでもねぇな。

七彩が晴飛のことを好きなわけがねぇ。

だって、好きならドロップキックなんかしたいとか思わねぇよな……？

晴飛に変わった趣味あるわけじゃなさそうだし。

いや待てよ？

でも、輝夜と迷ってたよな？

結局どっちだよ！

これ以上モヤモヤするのは俺らしくない。

だったら、ちゃんと訊いておこうと思った。

「七彩さ、晴飛のこと好きだったのか？」

七彩は、驚いたように目を見開いた。

「……俺さ、七彩に質問したじゃん。晴飛と輝夜どっちかが好きなんじゃねぇのって。……迷ってたみてぇだから」

ドキドキする。

だってこれで、うんって言われたらどうするよ。

「え？　迷ってないけど」

「は？」

俺のそんなドキドキとは裏腹に、七彩はそう言った。

「どっちが好きかって言われたら即答で輝夜だよね」

「じゃあ、なんであの時……」

「だって……輝夜を好きになっていいのか、わからなかったんだもん……」

そっか。

七彩、それを悩んでいたのか。

「結論、さっき聞いたとおりだけどね」

それは、輝夜を好きという七彩の答え。

「なんだよそれ〜〜！」

結局、俺はフラれてなかったんじゃねぇか！

俺のテスト期間を返せ!!

そればかり考えちまってほぼ白紙で出したんだよ、バカヤロー!!

けど、

「ってことは、問題ねぇな」

俺が。

俺の、この恋路も。

七彩は、好きな奴がいない。

キタコレ!!

「何が？　あっそうだ。私、飛鳥に言うことあったんだ」

「俺に……？」

「そう、飛鳥に」

な、なんだろう……。

ドキドキと胸が鳴る。

七彩からの告白？　とか自惚れのドキドキではない。

なんとなく、コイツの俺を真っ直ぐ見ている目に。

異様にドキドキする。

やべえ、今の俺、顔がおかしくなってない？

「改めてちゃんと言いたいんだ。……私さ、輝夜が、輝夜のみんなが好きだよ。大好き」

「え……」

　俺は大きく目を見開いた。

　七彩から、そんな言葉が出てくるとは思ってもみなかったから。

「最初はなんだコイツら……って思ってたよ？　でも何事にも一生懸命だし、いいことをしてるとは言えないけど、それも青春かなって。甘いかな、私」

　俺の手をぎゅっと握り返してくれる、七彩の手のひらが熱い。

「それに、やっぱりいないと寂しくて。あ〜、私、輝夜が好きなんだな〜って思った」

「七彩……」

「だからね、飛鳥」

　七彩は、繋いでいる手を頼りに俺との距離を縮めて、

「私に、出逢ってくれてありがとう。輝夜に、出逢わせてくれてありがとう。ここを、大切な居場所に思ってるよ。これからも、よろしくね！」

　そう、笑うから。だから……。

　俺はそのまま、七彩の小さな肩を両手で引き寄せた。

「……あ、飛鳥!?」

　七彩は、びっくりしている。

　つか、噛みつかれそう。

　それでも俺は、七彩をぎゅっと抱きしめて離さない。

「み、みんな見てるし!!」

「お前が、かわいいこと言うのがいけない」
「言ってない!!　どう捉えたらそうなるの変態！」
　出逢ってくれてありがとう、なんて。
　好きな奴に言われてみろ。
　理性崩壊するぞ、コノヤロ〜。
　七彩は、はぁ〜っとため息をつくと、大きく息を吸い込んだ。
「……飛鳥が今、どんな気持ちで私のことを抱きしめているのかわからないけど」
　お前が好きだから抱きしめてんだよ、とは言えないが、七彩を抱く力を強める。
　すると、スーッと俺の背中に小さい手がまわって、俺の制服を掴む。
「なな……」
「私もさっき、すごく触れたくなった」
「えっ」
　ふ、触れたくなったって!!
　なんか言い方がヤバイ。
　もう俺、理性崩壊寸前だぞ？
　家の中だったら押し倒してるぞ。
「あと、会いたいって思った。……そしたら飛鳥、いるんだもん。驚いちゃうよ」
　俺は今のお前に驚いているよ。
　誰、お前。
　七彩のまわりに花なんか舞ってたっけ〜!?

俺の目がおかしいかも。

七彩は俺の制服から手を放すと、俺の胸を押して俺から少し距離を取った。

そして、

「思っていた以上に飛鳥たちのことが好きみたい」

にこっと、笑ったのだ。

「あ、ありがとな……」

胸がドキドキして、今の俺の顔もヤバイと思う。

真っ赤だろう。

結局、抱きしめたこととか、好きってさりげなく口にしていたとか。

そんなことを気にするのはきっと俺だけで。

七彩はすぐに忘れるのだろう。

それでも、惚れたほうが負けってこういう状況を言うのかな……と思う。

七彩が、どれだけ鈍感で天然でバカでかわいくて仕方なくても……。

「帰るか、七彩」

「うん！」

この手を取ってくれるなら、なんでもいいやと、思ってしまえるのだから。

最終章

2人きりの同居

「ただいまです！」
「……ただいま」
　2人揃って家につく。
　飛鳥とこうして2人で『ただいま』を言うなんて、久しぶりで少しうれしい。
「そういえば七彩、バイトの時間、平気か？」
　腕時計をチラッと見ると、始業5分前。
「急ぐ!!　あと5分だった！」
　飛鳥が来てくれなかったら、忘れてたかも？
　危なかった。
　私は急いで階段を駆け上がり、荷物を3階の部屋に投げ入れる。
　下からは、飛鳥の「転げ落ちるなよ～」なんて声が聞こえるけど、そういうことを言われると自分にフラグが立つと私は知っている。
　急いでる時に1段飛ばしで階段を駆け下りるところを、1段1段をきちんと踏んで下りる。
「お～頑張れよ～」
「ありがとう!!」
　いまだに玄関に突っ立っている飛鳥の横を通りすぎて、店に向かおうとした時、
「急がなくていいわ」

そんな声が聞こえた。
その声は、
「え、なんでですか、涼子さん……」
飛鳥のお母さんの、涼子さんだ。
「あのね、今日はお店を閉めてるの。夕飯の時に話すことがあるから、3人で食べましょうね?」
「あ、はい……」
珍しいなぁ。
何がって、お休みにすることもだけど、私たちに話すことがあるなんて……。
そして、それを夕飯の時に……と言うところが。
いつもの涼子さんならこの場で言っちゃいそうなのに。
それってつまり、
「俺と、七彩に関わる話なのかよ?」
そう、飛鳥の言うとおりだ。
そういうことになる。
飛鳥の真面目な顔に、涼子さんはう〜ん、と顎に手を当てて考えているけど、
「そ〜ねぇ、お楽しみで!」
てへっと笑って返された。
高校2年生の息子がいながらの、この若さと美しさ。
どうしたら、こんな仕草をしてもかわいいのだろうか。
とりあえず、夕食まで部屋で待機だ。
私は部屋に入るなり、いつもどおりベッドにダイブする。
「……なんなんだ〜!!」

そして、枕に向かって大きく叫ぶ。

もちろん枕に向かって叫んでいるから、声はこもって部屋の外なんかに聞こえない。

もう本当に、なんなんだ!!

涼子さんの話のことももちろん気になるけど、私のなんなんだ!!って思うところはそこじゃなくて。

「飛鳥のバカ……」

飛鳥のことだった。

だってだって。

いきなり抱きついてきたりする？

道端で、ぎゅって抱きしめるバカなんて他を探してもいないよ？

なんで飛鳥が私に今日はあんな甘かったのか、まったくわからないけど。

でも、イヤじゃなかった……と思う私がいるのが何よりも怖い。

輝夜のことは確かに大好きだし、飛鳥のことももちろん好きだけど……。

だ、抱きしめ合うとかって、そういう『好き』でもできるものかな？

「なんでこんなに悩んでんだか……」

帰ってくるまでの道。

飛鳥の隣を歩くだけで、心臓がバクバクしちゃって。

この音が聞こえてしまうんじゃないかって思った。

それと同時に、変なモヤモヤもあった。

抱きしめられて心地いいなって飛鳥の胸に顔を埋めた瞬間に、女の子にこうやって抱きつくのは、飛鳥にとって普通なのかなって。

そんな思いが降ってきたから。

私、なんで「会いたいと思った」とか、「触れたくなった」なんて言っちゃったんだろう。

少し照れたような表情を浮かべた飛鳥。

いつもなら怖いはずのその目が、私に何かを求めているような気さえして、思わず口から飛び出た言葉たち。

けど今思えば、あれは確実に私の本心だった。

会いたいって思った。触れたいって思った。

けど、なんでそう思ったのか答えなんてわからないし、あの時の一時的なものかもしれない。

それでも私があの時、そう思っていたことは事実だ。

「本当、輝夜に出会ってから、私、おかしくなった気がする」

それがいいのか、悪いのか。

そんなの、自分でもわからない。

「クソ〜！」

「おい、七彩。女子がクソ、なんて言うなよ」

「ぎゃっ!!」

うつ伏せになって枕に伏せていた顔を上げると、飛鳥のドアップ。

なんで!?　なんで、ここに飛鳥が!!

そして、近い!!　すごく近い!!

それより、ここにいるってことは。

「か、勝手に入ってきたの……？」

「当たり前。早く下りるぞ。夕飯できたってよ」

え!?　もうそんな時間!?

勢いよく起き上がって時計を見ると、帰ってきてから45分もたっていた。

私、45分も考えていたの……？

「七彩、何ぼ〜っとしてんだよ。それに、まだ制服だし。制服で寝転んでるとシワになるぞ」

なんでそこだけ女子っぽいことを言うのか。

まぁ正論だから私は体を持ち上げると、クローゼットを開いて部屋着を探す。

飛鳥はそこに突っ立ったまま。

「……？」

着替えようとしているの、わかっているはずなのに。

出ていかないというのか、この野郎。

「飛鳥……？」

う〜ん、ぼ〜っとしているのかな。

ったく、女の子が着替えようとしてんのに、ぼ〜っとして出ていかないとは。

この男は常識というか、そういうマナーを持ち合わせていないのだろうか。

……ううん、たぶんないんじゃなくて。

私が、女子に見られてないだけかな〜？

私のこと、ゴリラとか言ってたもんね。

そのことに、少し胸がチクリと痛んだ気がした。

「飛鳥!!」

「わ!!」

大きな声で呼ぶと、我に返ったように肩をビクつかせた飛鳥。

「私、着替えたいんだけど」

気づいてる？　大丈夫？

「え？　あぁ、ごめん」

飛鳥はそう言うと、そそくさと部屋を出ていった。

うん？

なんか様子がおかしい？

私はさっさと部屋着に着替えると、部屋のドアを開けた。

その横の壁に、寄りかかって待っていた飛鳥。

その姿は、どう見てもメンチを切るヤンキー。

慣れたからいいんだけど。

「飛鳥、待っててくれたんだ」

下の階に行くだけなのに。

というか、同じ家だし。

なんでわざわざ？

「……お前に言っとくことがあったからな」

言っとくこと？

さっき様子がおかしかった理由かな？

でも、どうせ深い話ではないだろう。

しれ～っ、としている私に、飛鳥は「はぁ～」とため息

をつき、
「きゃっ!!」
　私の手を掴み、そのまま引くと、自分のいた壁に私の背中を押しつけた。
「いった……」
　壁に押しつけられた私をさらに追い詰めるかのように、飛鳥は顔の横に手をついた。
　これは……二度目の、壁ドン!?
「お前さァ、もっと危機感持てよ」
「危機感……？」
　また、わけのわからないことを。
　そして、壁ドンは犯罪だってば……。
　顔の横についてある、飛鳥の手首を掴む。
　そして必死にどかそうとするけど……。
「……っ！　動かないし」
　微動だにもしない。
「……七彩、お前、俺に気ぃ許しすぎ」
「許して何が悪い」
　いいことじゃん。
　警戒していないんだよ？
　飛鳥のことを信頼しているんだよ？
　それは飛鳥にとってダメなことなの？
　じぃ～っと飛鳥を見つめてみる。
　飛鳥は私の視線に耐えきれなくなったのか、ふいっと目を逸らした。

そして、ふぅ〜っと深呼吸をして、もう一度、私に視線を合わせて言った。
「あのな、確かに勝手に入ったのは俺だけど……っ！　一応は俺の家なんだし。そういう意識はしてほしいんだよ」
えっと……。
「ごめん、なんの話？」
いきなりすぎて何を言っているのかさっぱり。
勝手に入った？
そういう意識？
「……じ、自覚ないのかよ！」
「だからなんの!?　もう〜、話が読めない!!」
「さっきお前、制服のまま寝転んでただろ？　俺が入ってくるかもって常に意識して。あんな格好、次に見たらガマンできる自信ない」
あ、あんな格好……？
制服のまま寝転んでたって言われたけど、それってさっきの……？
「が、ガマンってなんの……っ」
「わかってるくせに」
そう言って飛鳥は肘(ひじ)まで壁につけると、急接近してくる。
ち、近い!!
今にも唇と唇が触れそうな距離。
「ば、バカッ！」
私は初めて会った時みたいに、飛鳥に蹴りを入れる。
ところが、その足は掴まれてしまった。

「は、離してよ」
「こんな細っこい白い足なんかして、男が誘惑されないとでも思ってんのか」
　飛鳥がすごい剣幕で怒っている。
　なんで怒っているの。
　誘惑なんかしてないし、私なんかが誘惑なんてできるわけないのは、ゴリラとか言ってる飛鳥が一番よくわかっているでしょう？
　足が出ているのが、そんなにダメだったの？
「つい見ちまうんだよ、長ズボンはいてこい」
　み、見ちゃうって!!
「変態！」
「男はみんな変態だから気をつけろって、わざわざ言ってやってんだよ」
　そう言って飛鳥は私の頬をスーッと撫でて、ふっと私から離れた。
　触られた頬が熱い。
　さっきまで触れそうな近さだっただけに、飛鳥が離れると空気も何もかも軽く冷たく感じる。
　飛鳥は、私を待たずに階段を下りていった。
　緊張が解けたからか、私はストンッと足の力が抜けてしまう。
「ありえない……っ」
　よく飛鳥がわからない。
　ただ１つわかるとしたら、初めて会った時に壁ドンをされた時とは、私の気持ちは何もかも違っていて。

　抱きしめられた時と同じで、壁ドンされることも、キスできそうな距離になることも、頬を撫でられることも。

　イヤじゃないってことだ。

ラブコメ的展開に期待

【飛鳥side】

あ〜、ダメだ。

ガマンができない。

だって、あんなに足を出して、俺が入ってくるってわかってなかったとしてもやめてほしいっていうか!!

無茶を言ったってことぐらいわかってる。

俺は彼氏でもなければ、もしかしたら友達の枠にも入れていないかもしれない。

ただの同居人なんだ。

輝夜は好きって言われたけど、俺が好きって言われたわけじゃない。

あ〜なんでこんなにクヨクヨしてんだ俺。

情けねぇ。

アイツがまだついてこない後ろを振り向きながら、俺は階段を下りてリビングに向かった。

七彩はしばらくして下りてきた。

2人でいつもどおり横並びで座る。

……が、なんか距離を感じる……。

さっきので警戒されている？

そっと七彩の顔を覗くと、顔を真っ赤にしてプイッと顔を背けられた。

「2人とも来たわね」

すると、母さんが俺たちの向かいの席について、真面目な顔をした。

「じつはお母さんね……２週間、海外に行くわ」

「「え？」」

七彩と俺の声が重なった。

だって、２週間？　母さんが海外に？

「どうしてまた……」

「パパが病気になっちゃったらしくて。手術まではいかないけれど、結構参ってるみたいなの。だから２週間、行ってくるわね。久々にパパに会いたいし！」

絶対に最後のひと言だろ、行く理由。

ただ２週間ってことは……。

七彩と……２人きりってことか？

七彩は……それでいいのだろうか。

チラッと七彩を見るけど、驚いてるだけでそこから何も変化がない。

コイツ、俺と２人きりって気づいてない？

「涼子さん、お店は……？」

「大丈夫よ、お休みするわ」

お前はそっちの心配かよ？

大丈夫なのか？　俺と２人きり大丈夫なのかよ!?

……まったく意識されていないってことか。

「あぁ、そうそう」

母さんはポンッと思い出したように手を叩くと、にこーっと笑った。

「七彩ちゃん、飛鳥と“ふ・た・り・き・り”だけどよろしくね？」

　わざと、２人きりを強調しやがって。

　あっと声を上げてその事態に気づいた七彩は、キリッと俺を睨みつけてきた。

「七彩、俺と２人きりだぞ？　いいのか？」

　七彩だって一応……女の子だし。

　好きでもない奴と２人なんてイヤに決まってるよな。

「別にいいけど。飛鳥だし」

「え……」

　これは、喜んでいいのか……？

　いや、ダメだな。男に見られていないってことだ。

「飛鳥が買い物に行ってくれるなら、私はなんも問題ないです、涼子さん」

　……は？

　買い物？

「飛鳥もいいよね？　この前やってくれるって言ってたし」

　そういえば、１週間分の買い物するとかなんとか言っていた気がする。

　まさかここで使うとは。

「買い物……かよ」

「まぁなんとかなるよね？　飛鳥、頑張ろう！」

　意気込む七彩を、横目に、

「はぁ〜」

　俺は大きく息をついた。

私の気持ち

「ただいま」
　私がキッチンでカチャカチャと夕飯の準備をしていると、飛鳥の声が耳に届く。
「あれ、もう帰ってきたの？」
　まだ夕方なのに……。
　日付が変わるくらいまで遊んでいるくせに。
　ここ数日、ずっとそうだ。
　涼子さんが海外に行って早くも５日。
　飛鳥は早く帰ってきて、ご飯食べてすぐ部屋にこもっちゃうけど、家にいてくれる。
「母さんいねぇし……七彩を夜に１人きりなんてそんなことしねぇよ」
　やっぱり優しいところあるんだなぁって、この５日間でわかった。
「で、今日はなんか買い物とかあるか？」
「ないよ。明日は買ってきてほしいんだけど……」
「おっけ～。メールして。明日の学校帰りに買ってくる」
　飛鳥はそう言うと、いつもどおりスタスタと階段を上って自室へ入っていった。
「今日は飛鳥の好きなハンバーグ……っと」
　２人での夕食。
　だんだん慣れてはきたけど、まだ緊張する。

何を話そうか、おいしいって言ってくれるかなとか。

そんなことを、ここ数日ずっと考えてしまっている。

プルルルルルル……。

そんな時、私のアナクロとなったガラケーの音が部屋に鳴り響いた。

「誰だろ……」

私の電話番号を知っているのなんか数人なのに。

「もしもし……」

とりあえず出てみると、

《夜にごめん、七彩》

耳に聞こえてきたのは、

「さ、咲人……？」

意外な人からの電話だった。

《……よくわかったな》

「わかるよ。独特の棘(とげ)を感じるもん」

《……なんだそれ》

咲人の低い声。

若干警戒されているのがわかるその声に、咲人だと気づかないわけがない。

「……で、なんの用？」

咲人が私に連絡してくるなんて。

ていうか、なぜ私の番号を知っているの。

一度耳に当てていた携帯の画面を覗くと、“魔王サキト”と登録されていた。

平太の仕業だ……。

　でも平太とは気が合う。

　だって私も咲人のこと、魔王だと思うから。

《……お〜い、七彩、聞いてるか？》

「あ！　ごめん。聞いてなかった」

　携帯から耳を離していたせいで、咲人が何か言ったらしいが聞いてなかった。

　まぁそもそも聞こうともしてなかったんだけど。

《だから、最近飛鳥が付き合い悪いんだけど、お前なんか知らね？》

　咲人のその声からは、心配となんとなくの怒りと戸惑いを感じる。

　でも、心配するほどのことじゃないと思う。

　だって付き合いが悪い理由は、今、涼子さんがいなくて、私が１人になってしまうから。

　だから早く帰ってきてくれているだけ。

「私、理由は知ってるけど」

《は？　マジで？　つか、それって、やっぱりお前が関係してるのかよ》

「まぁそうだね」

《サイアク》

　そんな思いっきり、『サイアク』って言わなくてもいいじゃんか。

　確かに、自分のとこの総長さんが女関連で付き合い悪いとかイヤかもしれないけど！

　咲人に少しイラだっていると、グツグツと聞こえるフライパン。
　あ!!
《理由を知ってるならとっとと話せ……》
「待って咲人!!　ハンバーグ焦げる！　明日話す」
《あ、ちょ、おい……》
　プツンッ。
　私は咲人の返事も待たないまま携帯の終了ボタンを押すと、フライパンの火を止めた。
　うん、なんとかセーフみたい。
　ふと携帯を見ると、
【昼休み、屋上前の階段で】
　と、咲人からメールがきていた。
「へ〜っ、今日はハンバーグか。俺、好きなんだよな〜」
　すると、ちょうどいいタイミングで飛鳥がリビングに入ってきた。
　っていうか、ハンバーグ好きって知っているから作ったんだ。
　飛鳥は食器を出してご飯をよそうと、さっさとイスに座って手を合わせた。
「「いただきます」」
　今日は２人向き合って座っている。
　飛鳥の表情がよく見える。
　２人で「いただきます」を言った瞬間、すごい勢いで飛鳥がハンバーグに手をつける。
　ハンバーグの中から、とろっと溶けたチーズが溢(あふ)れる。

よし！　ちゃんとうまくいってる！

「七彩……お前よくわかったな。俺がチーズ・イン・ハンバーグが大好きだって！」

あ、そうなんだ。

それは初耳だった。

飛鳥は、にこぉぉおおっと無邪気な顔で笑うと、ハンバーグを頬張って幸せそうにさらに微笑む。

「う、うまい……っ」

ほっぺたを押さえながら顔そのものがとろけそうな飛鳥を見て、誰が暴走族の総長なんて思うのだろうか。

……ったく、そんなに好きなんて初めて知ったよ。

チーズを入れて正解だったなぁ～。

「私もチーズ・イン・ハンバーグが大好きだよ～！」

「だよなぁ！」

そんなことを話しながら、私も自分のハンバーグを２つに切った。

が、

「あ、あれ？」

私のハンバーグからはチーズが出てこない。

しまった、入れ忘れたか。

「ん？　七彩どうした」

もぎゅもぎゅと、リスみたいに頬を膨らませた飛鳥が尋ねてくる。

かわいい……。

「自分のにチーズを入れ忘れたみたいなの」

咲人と電話してたしなぁ。

まあ仕方ないか。

このままでもハンバーグはハンバーグ。

結構自信あるし、おいしいはず。

すると、スゥッと私の前にフォークに刺されたハンバーグが差し出される。

それも、とろっとろのチーズのかかったハンバーグだ。

「え……」

そのフォークの先を目で追ってみると、飛鳥がフッと微笑んだ。

「大好きなんだろ？　食えよ」

「でも……っ」

「めっちゃうめぇから」

作った本人に、うまいから、なんて言ってハンバーグを差し出すなんて。

少し照れちゃうじゃないの。

本当は遠慮しようと思ったけど、トロリとチーズのかかるハンバーグが視界を独占する。

た、食べたい……っ！

私は少し体を乗り出すと、そのまま飛鳥から差し出されたフォークに乗るハンバーグを口に含んだ。

口の中でもさらにふわっと＆とろっととけるチーズと、絶妙なハンバーグとのコラボに、

「お、おいひい〜」

幸せを感じる。

「飛鳥！　ありがとう」

「べ、別に一口くらいいいし、お前が作ったんだし……。てか、やべぇ。今さら気づいた」

　は……？

　今さら気づいたって……？

　なんのことだろう、と首をかしげて飛鳥を見る。

　ふいに、飛鳥の目の先を追う。

　そして、

「あ……っ」

　飛鳥が声を上げる。

　私も気づいてしまった。

　飛鳥の目線の先はフォーク。

　今のって、まさかの間接キス……？

「……あ、飛鳥……えっとごめん」

「なんで七彩が謝るんだよ。俺が差し出したんだし、別にイヤじゃねぇし……」

「すっごく無意識だった……」

「俺の『イヤじゃねぇし』は無視かよコラ」

　なんの躊躇もなく食べてしまっていた。

「七彩……俺、……やっぱなんでもない」

　飛鳥は食べ終わると急いで部屋を出ていき、すぐに階段を駆け上る音がした。

　そんな飛鳥の後ろ姿がちらっと見えて、ちょこっとだけ見えた横顔は、耳まで真っ赤になっていた。

　翌日。
「はぁ……」
　誰も来ないのをいいことに、昼休みの階段で座り込んで黄昏(たそがれ)てみる。
　昨日あれからまともに飛鳥と顔を合わせられなかったし、最悪……。
「な〜に、ため息ついてんだ、クズ七彩」
「ひゃっ！」
　ほっぺに冷たいものが当たる。
「あ、咲人……」
「ほい、飲めよ」
　私は咲人から、冷たいオレンジジュースを受け取る。
　誰も来ない……じゃない。
　咲人と約束していたのだ。
「クズって何……」
「うちのとこの総長をたらし込んでるから、クズ」
「は？　誰かにたらし込まれてんの？　飛鳥」
「ほんと、お前と会話できねぇな」
　会話できないって何よ。
　それより、咲人が私を呼び出すなんて珍しい……。
　電話も珍しすぎて驚いたもんなぁ。
「で、七彩。飛鳥はなんで最近付き合い悪いんだよ」
　私の隣に腰かけた咲人は、眉間にシワが寄っている。
　うわぁ、咲人ってば機嫌悪いなぁ。

「はぁ!?　今2人きりで住んでるだと!?」
　そ、そんなに驚くことかなぁ。
　咲人に飛鳥の付き合いが悪い理由を話すと、声を上げて驚かれた。
「七彩は、飛鳥と2人きりってことに、なんも思わなかったのかよ？」
「は？　あ〜、夕食作るの1人になっちゃうなぁって思った。涼子さんいないからね。あと他の家事も」
「お前やっぱ話が通じねぇわ。ゴリラめ」
「クズだのゴリラだの、私に恨みでもあるわけ？」
　女の人がなんとなく嫌いなんだなぁってのはわかっているけど、口が悪すぎる。
　咲人の脳内こそ、小学生並みの単語でしか溢れてないと思うけど。
「……まぁ付き合いが悪い理由はわかった。で、七彩。お前、飛鳥のことどう思ってる？」
「その質問、前もしなかった〜？」
「七彩の気持ちも、変わったかもしれねぇじゃん」
　う〜ん、飛鳥のことをどう思っているか、か。
　一緒に住んでみて、確かに変わった気がする。
　すべて。
　そして何もかもが、私のヤンキーという偏見を吹き飛ばしてくれた気がする。
「……飛鳥は、ヤンキーで、暴走族で、見た目も怖いし、いきなり意味わからないこと言ってくるけど。……大切な人だよ」

「へぇ〜」

むっ。

咲人に上から目線で納得されるとムカつく。

てか何？

飛鳥のことを、どう思ってるかなんて聞いてきて。

私がもうイヤじゃないことくらい、見てたらわかると思うのだけれど……。

「大切な人……か。ならどうだ？　恋愛対象としては？アイツのこと、男として好きだったりしないのか？」

「はぁ？」

またそれ？

飛鳥のことを恋愛対象で好きだなんてそんなこと……そう思った瞬間、私の頭の中で、ここ最近のことが鮮明に思い出された。

晴飛くんと最後に会った日、ぎゅ〜って抱きしめ合ったり、無駄に近かったり。壁ドンで文句を言われたり、昨日も……間接キスしちゃったり。

「……っ!!」

思い出すだけで、顔が爆発しそうなくらい熱い。

「七彩……？」

咲人が顔を覗き込んでくるけど、それどころじゃない。

だってだって、思い出しちゃった。

私……そのどれもがイヤじゃなかった。

ぎゅ〜って抱きしめられた時も、抱きしめ返した。

　壁ドンされた時も、間接キスの時も……っ、ドキドキで心臓が壊れそうなくらいで……。

　あぁもう！

　どうしちゃった私!!

　悶々と考える私に、咲人は何か気づいたようで。

「七彩……お前、マジで？」

　なんて聞いてきやがった。

　マジで？って何がだよ。

　何も考えてないよ、いや、考えきれていない、が正解か。

　頭の中は大混乱だよ。

　咲人が変な質問をするから。

「……七彩って、飛鳥のこと好きなのか？」

「え？」

　そりゃ好きだけど、たぶん咲人が思っているような好きではなくて……。

「七彩、お前のモヤモヤを解決してやろうか」

　私が何で悩んでいるのか……わかっているのだろうか咲人は。

「はぁ……まぁいいよ。お願い」

　しかし、咲人も変わるもんなんだね。

　あんなに私のこと敵対視してたのに、相談に乗ってくれるなんて。

「いいか？　俺のする質問に正直に答えろよ？」

　私はしっかりと頷いた。

「飛鳥に手を繋がれたらどう思う？」

「え、とくには何も」
「かわいいって言われたら？」
「ありえない」
……なんだこの質問。
咲人は『解決してやろうか』なんて言ったくせに、私の回答に、う～んと考え込んでいる。
すると咲人は、あっと言うようにポンッと手を叩くと、私に向き合って、
「じゃあ七彩……飛鳥に、抱きしめられたらイヤ？」
意地悪そうに微笑んだ。
……抱きしめられたら……って、この前、抱きしめられた……よね？
えっとえっと、
「七彩、正直に言えよ」
「い、イヤじゃ……なかった」
うわぁぁぁぁあ!!
顔の温度が再び急上昇する。
真っ赤だ。絶対に今、真っ赤だ。
だって『正直に』って言うんだもん！
魔王様がそうおっしゃるんだもん!!
私の答えが意外だったのか、咲人は目を見開いて驚いている。
けど、すぐにはぁ～っと大きくため息をつくと、私の頭にポンッと手を乗せた。
「イヤじゃ、なかったって言ったよな。七彩。あ～もうお前、

それ決定じゃん。なかった……ってことは、抱きしめられたことはあるんだろ。なんで自分の気持ちに気づかないのか謎だわ」

……自分の気持ち？

グリグリと撫でられる頭のせいでよく考えられない。

……あれ、てか咲人、私の頭なんて触って平気なのだろうか。まぁ深くは考えないでおこう。

「七彩、アイツに彼女できたらどうする？」

「飛鳥に彼女？」

……おかしい。想像するとモヤモヤする。

ダメだ、これ以上考えるのは。

私、何しているのだろう。

「ごめん咲人、もう戻る」

「は？」

「ちゃんと、答え出すから」

この答えは、咲人に質問されてその時の気持ちで判断してはいけない。

私がちゃんとアイツの目を見て、気づかなくちゃいけない気持ちなんだ。

階段を１段飛ばしで駆け下りる。

飛鳥は、たまり場にいるかな。

会えば、わかる気がする。

なんでこんな乙女になってるの、私!!

私らしくない!!

ここは堂々といこうじゃないの！

ズカズカと、階段を下りる足に力を入れた瞬間、

「きゃっ」

ズルッと音を立て、私の体が宙を舞った。

前のめりに落ちる体。

これは……。

顔面着陸の危機!!

女子として、あってはならぬ事態になる!!

顔面から落ちて鼻血を出して、揚げ句の果てにはスカートから下着丸見えという少女マンガあるあるの展開。

あれはかわいい子だから許されるのであって、平凡なヒロインがやっていい技ではない。

華麗に着地なんて芸も持っていないので……。

「うぎゃぁぁぁああ!!」

ヘルプミー!!

「っと、危ねぇな」

あれ、おかしい。

顔面着陸したはずなのに痛くない……。

目をゆっくり開けると、

「わぁ！」

ドアップの飛鳥。

しかも飛鳥のことを下敷きにしちゃっているし！

「あ、飛鳥なんでここに……っ」

「七彩の、色気のない叫び声が聞こえたからに決まってんだろ……」

色気のない!?

「うぎゃぁぁぁああ!!　とか叫ぶ女子なんて、お前しかいねぇの。まぁ、だから七彩だってわかって助けたんだけど」

飛鳥と至近距離で目が合う。

ドクンドクン、と心臓が鳴って、死にそうなくらい恥ずかしい。

聞こえてるんじゃないかって思っちゃうから。

「うう……っ」

「は？」

よかった、安心した。

次の瞬間、すごく目頭が熱い。

１滴、涙が溢れちゃうと。

「うわぁぁぁあん！　怖かったようううう」

「マジで!?　泣くのか七彩？　お前が!?　おい、ちょ、大丈夫かよ……」

全然止まらない。

だってだって、怖かったんだもん。

体が浮いたのがわかって……。

「顔面着陸して鼻血出して、スカートから下着が丸見えになっちゃうっていう、少女マンガのかわいいヒロイン限定の状況に平凡な私がなっちゃうかと思ったんだもん!!」

「心配して損した。早く俺から下りろ」

「なんで!?」

でも……っ、

「へへっ」

飛鳥が助けてくれたからもうなんでもいいや。
「なんだよ、泣いたり笑ったり変な奴だな」
「ど～せゴリラですよ」
悔しいけど、飛鳥の中で私は面白い奴、とか、そういうポジションなんだと思う。
けど、助けてくれた。
それなりに大事に思ってくれてるって、自惚(うぬぼ)れるくらいはいいかな～なんて。
飛鳥の胸に顔を埋めてみる。
はぁ……この気持ち。
バレなきゃいいけど、しばらくこうしていたい。
「七彩……？」
「わ！　ごめん……つい……」
ヤバイ……飛鳥に変に思われたかな。
「てか重かったでしょ？」
気づけば飛鳥の上にずっと乗っちゃっていたんだ。
あ～恥ずかしい。
ここが人の来ない階段じゃなければ、いろいろな人に見られて飛鳥のファンに殺されてたよ？
起き上がろうと、飛鳥の胸をそっと押す。
けど、
「飛鳥……？」
飛鳥の腕が、私の背中にまわって離れられなかった。
「このまま……離したくねぇ……」
え……。

飛鳥の手が触れている背中が熱い。

ちらっと飛鳥を見ると、まっすぐに見つめ返される。

「えっと……あのっ」

どうしよう……っ。

ていうかこの状況……。

端から見たらなんて破廉恥な光景なんだろう。

どうしようどうしよう。

どうすればいいのかわからなくて、飛鳥の制服をぎゅっと掴む。

そんな私に気づいたのか、飛鳥は私の背中にまわした腕を外すと、私の脇に手を入れて立たせた。

「ごめん七彩。俺どうかしてた」

そう言って私の頭をポンと撫でると、そのままたまり場も、教室もない方向へ歩いていった飛鳥。

「……バカ」

私の気持ちなんて知らないから……。

抱きしめるなんてできるんだ。

咲人にいつか聞かれた、飛鳥のことを好きになる可能性。

隕石が降ってくる確率と同じ。

そんな話をしたのは、いつだったのか……。

「ただいま〜って、あれ？」

あれから、午後の授業もまともに受けられなかった。

その原因である飛鳥の靴が、なぜかもうある。

私、学校が終わってそのまますぐに帰ってきたのに。

「飛鳥……？」
　珍しい。
　というか、サボった？
　悪い奴だなぁ……しかしリビングには、昨日頼んだ野菜が買ってきてある。
　いい人なのか悪い人なのか。
「飛鳥ぁ～？　帰ってるの～？」
　ちょっと心配。
　私は階段を上りながら声をかけ続ける。
　けど返事はない。
　返事がないまま、飛鳥の部屋の前まで来てしまった。
「……っ、居留守？　飛鳥のバカ」
　私が午後から、どんなに悩んだか知らないくせに。
　バーカバーカ。
　私はノックもせず、飛鳥の部屋のドアノブを回してドアを開けた。
「飛鳥……？」
　勝手に入るのは悪い気がするけど、いつも勝手に入られてるし、気にしない気にしない。
　部屋は暗い。
　真っ暗ではないけど……寝ているのかな？
　けど、すぐ見つけた。
　ベッドに横たわる、飛鳥を。
　そっと飛鳥に近づいてみる。
「飛鳥どうしたの……？　具合悪いの？」

やっぱり寝てる……？

「あす……きゃっ」

いきなり手を掴まれて、グイッと引かれる。

突然のことに抵抗する間もなく、私の体は引かれた手の方向にそのまま倒れ込む。

バフッと背中にベッドの柔らかさを感じる。

目を開くと、

「飛鳥……っ」

飛鳥がいる。

私……押し倒された？

飛鳥も、いつもの飛鳥じゃない。

「飛鳥……？　どうしたの？」

片方の手は私の顔の横についていて、もう片方は私の頭を撫でている。

確かに見たことない飛鳥だし、少し怖いけど、私の頭を撫でている飛鳥の手はいつもと変わらない。

「なぁ七彩、お前さ、前も言ったけど、危機感とかないのかよ？」

危機感……って。

「……ないよ。飛鳥だもん」

飛鳥だから。

危機感なんてない。

「結局、俺は……七彩にとってそういう存在なんだよな」

……どういう、こと？

「七彩なんて、もう知らねぇ」

飛鳥は私の頭を撫でていた手を、そっと頬、唇へと移動してきた。
「あ、飛鳥……何やって……っ」
熱くなった体のせいで、ベッドが冷たく感じる。
飛鳥の体重も少しかかってくる。
暗くて、飛鳥の顔がよく見えない。
「……っ俺は、警戒しろって七彩に言ったんだからな。キスされても……文句言うなよ」
その瞬間、飛鳥の顔がはっきり見えた。
部屋が明るくなったとかじゃなくて、飛鳥の顔が目の前にあるからだ。
だけど、
「……キス、するんじゃないの？」
まだ寸止めだ。
動いたら、唇と唇はくっつきそうな距離だけど、飛鳥は文句を言うなよとか言ったくせに、キスしてこない。
「キスしたら、七彩に口をきいてもらえなそう。もう遅いかもしれねぇけど」
「別に、そんなことしない」
「は……？」
「文句も言わないけど」
私も飛鳥もバカな気がする。
自惚れじゃなければ、飛鳥も私も、きっと同じだ。
「……七彩は、俺のことどう思ってんの。なんでそんなこと言うんだよ」

私の心臓は鳴りやまないし、ここで冗談を言う余裕もまったくない。
「……弱気だね、飛鳥のくせに」
「人生かかってんだよ、お前の気持ちに」
何それ。人生なんて大げさすぎ。
「で、どうなの？　七彩」
「バーカ」
「バカぁ？」
私は両手で飛鳥のほっぺたをペチンッと挟んだ。
「俺様ヤンキーなんだから、いつもどおり拒否権ないから、とか言ってみせなさいよ。バカ総長」
どう頑張っても、この口の悪さは直らない。
けど、これが今の私の精いっぱいだ。
気づきたての気持ちを、まだ言葉にできないから。
私の言葉に、飛鳥はフッと笑った。
「そうだな、なんかお前らしくて安心した」
私らしいって何よ。
飛鳥は私の顎をクイッと引くと、ニヤリと微笑んだ。
「……七彩、俺のもんになれよ。逃がすつもりなんてねぇけどな」
飛鳥らしい、腹黒で俺様な総長っぽい告白。
「……はいはい」
逃げるわけ、ないよ……。
「はい、は１回だろ」
飛鳥はそう言って、私の唇をふさいだ。

恋人はじめました

「お前、本当にいいのかよ、俺で」
　触れるだけのキスをしたあと、私たちはようやく灯りをつけ、２人でベッドに腰かけていた。
「俺で、とはどういう？」
「だってお前、ヤンキー嫌いだろ」
「大嫌い」
「即答かよ」
「でも……」
　なんだかんだ私も飛鳥も言っていない言葉。
　私が、先に言っちゃうからね。
「飛鳥は好き」
　大好き。
「うわっ、破壊力半端ねぇ。やめろ、七彩。あっち向け」
「かわいくて半端ないの？　まさかとは思うけど、メスゴリラの告白が破壊力半端ないの？」
「後者に決まってんだろ」
「あれ、私、飛鳥に告白されたよね？　あれ？　キミの彼女はメスゴリラなの？　は？」
「俺の彼女、メスゴリラだから」
　マジか……彼女になってもゴリラとか言うの!?
　でもっ、やっぱり楽しい。
　恋人になっても、私たちはあまり変わらないね。

「メスゴリラと腹黒で俺様な総長のカップルなんて……ふざけすぎだよ？」
「それな」
「それな、って返されるとなんか簡易的でイヤだ」
「どんな会話にでも返せちまうから、『それな』って言葉はすげぇよなぁ」
「それな」
「おい、七彩……さっきイヤって言ってたじゃねぇか」
「それな」
「腹立つなぁ、お前～～!!」
　付き合いたてのカップルって、もっとイチャコラするもんだと思っていたけど、こういうのもいいかなって思う。
「なぁ七彩」
「ん～？　何」
　飛鳥の声に振り向いた瞬間、チュッと音を立てたキスが返ってきた。
「……～～っ!!　不意打ち禁止!!」
「七彩が、それなって使うたび罰ゲームでするから」
　ふぅむ。
　それなって言うとキスか……。
　それなら……。
「ねぇ飛鳥、輝夜って飛鳥にとってどんなところ？」
「なんだよいきなり……いいところ、最高の場所」
「それな」
「え……？」

ふふふ、さっそく『それな』って言ったよ？

「飛鳥、罰ゲーム。ないの？」

そう言って笑ってやると、顔を真っ赤にしている飛鳥。

あれ……？

つまり私は今、キスねだっちゃったわけ!?

気づいて真っ赤になる私を見て、飛鳥も笑った。

「小悪魔なのかなんなんだか。天然なの？　お前」

飛鳥はそう言うと、私の唇にまた触れるだけのキスを落とした。

「飛鳥、あのね」

私、本当は飛鳥には言わないつもりのことがあった。

けど、その時はまだこの気持ちに気づいてなくて。

「私さ、お母さんが死んでるの」

それが、ヤンキーのせいだってこと。

それが理由で嫌いだってこと。

言わなくちゃ。

「そのこと自体は遠まわしに言っていたと思うけど、お母さんが死んだのって、ヤンキーに殺されたからなんだ」

私がそう言うと、飛鳥は目を見開いた。

けどそれと同時に、やっぱりそういう理由があったんだな、と視線を落とした。

「だからヤンキーは嫌いだし、これからも好きになるつもりはない。だけど、飛鳥たちや輝夜は好き。それは信じてほしい」

「……お前は、本当にいいのか……？」

「信じてないでしょ？　……大切なものを奪われちゃったけど、奪ったのはみんなじゃないもん。だから、大丈夫」

少し、お母さんのことを思い出した。

１粒、また１粒と涙が落ちる。

それに気づいた飛鳥は、指でそっと私の涙をすくうと、そのまま私を引き寄せて抱きしめた。

「……守ってやるよ。お前も、お前の大切なものも。全部、俺が守ってやるよ」

飛鳥のその言葉が、

「うん……っ」

私を、ものすごく安心させた。

飛鳥は私を、守ってくれる。

大切なものも。全部全部。

だけどそれじゃ、私の大切なものはすべては守れない。

「飛鳥は、私が守るからねっ」

何も、できないけど。

「七彩は、強いな」

飛鳥の腕の中は温かくて、心地よくて。

ずっとこのままでいたい。

心の底から、そう思った。

「「こんちわっす!!」」

「こ、こんにちは……？」

付き合いはじめて数日。

今日は飛鳥から絶対に来いと言われ、久々に輝夜の倉庫に来ている。

絶対に来いって言われると、行きたくなくなるのは私だけかもしれないけど、それが理由で来たくなかった。

しかも、なんでこんなに人数がいるの。

まるで弘樹の引退の時みたいだな〜。

あれ？

まさか、また誰か抜けるの!?

「七彩〜!!」

倉庫に１歩踏み込むと、そこにはいないはずの人が。

「弘樹!?」

そう、弘樹が倉庫にいた。

お姉ちゃん孝行するって輝夜を抜けた。

勉強してんの……？　平気……？

「なんで弘樹がいるの？」

「飛鳥さんたちに絶対に来いって言われたからな！　来るしかないだろ！」

あぁ……弘樹は絶対に来いって言われたら行きたくなるタイプなのね。私とは反対だ。

「七彩ちゃん！」

「七彩〜!!」

「七彩チャン〜」

「七彩」

あれま、４人ともお揃いで。

「飛鳥から聞いたよ？　七彩ちゃん、付き合いはじめたんだってね」

「すげえな七彩！　飛鳥だぞ!?」
「七彩チャン、寂しくなったらいつでも俺のトコに来ていいからね？」
　みんなからの祝福が、少し恥ずかしい。
「よし、全員揃ったな」
　声がして振り返ると、そこには飛鳥が立っていて、みんな一斉に静まった。
「……何があるの？」
「さぁ……？　僕も聞いてないよ」
　千尋にも言わず独断？
　なんだろう。
「……じつは、まぁ。俺、七彩と付き合うことになった」
「「「うおおおおお」」」
　マジか、待てよ待て待て？
　それだけ言うために集めたんじゃないよね？
「やっぱ付き合ったか～？　七彩さん面白いし、いいカップルになるだろうな！」
「総長おめでとうございます!!」
　あの……っ、えっと……。
「で、そこで発表がある」
　そして飛鳥は、衝撃的なひと言を発した。
「……今日から七彩を、輝夜の姫にする」
「は？」
「「「っしゃぁぁあ!!」」」
　いやいや、姫？　姫ぇ？

「飛鳥、どういうこと……」
「俺の彼女ってことは姫だろ。それに姫になれば、お前が輝夜のこと、もっと好きになると思うから」
「……ったく」
　勝手すぎる。
　そして、まだ諦めていなかったのか。
　自分勝手な俺様総長め。
　私のためを思ってくれたのはうれしいけど……。
「バ〜カ、飛鳥！」
　私の声が倉庫に響く。
　輝夜のみんなが、私のほうへ視線を向けている。
「私は、姫にはなりません!!」
　これだけは譲れないから！
「飛鳥の彼女だけど、別に姫になろうとは思わないし、輝夜を好きになるために姫になるのは間違ってる。だってもう私、輝夜が大好きだもん」
「七彩……」
「私、お姫様ってガラじゃないし。だから、輝夜み〜んなの友達として入り浸っても……いい？」
　無茶なお願いかな？
　けど、飛鳥の大切な輝夜をもっと見てみたい。
「七彩……お前には敵(かな)わないな」
「うん、100年早いよ」
「へぇ〜？」
　飛鳥は私の頭をポンポンとすると、輝夜のみんなに向き直る。
「七彩が……こう言ってるんだが、いいか？」
「いいっすよ〜！」
「七彩さんと友達になりたいっす！」
「確かに姫さんって感じじゃないっすもんね！」
　うんうん！
　みんなありがとう。
　最後の人の発言は正しいけど、自分で言ったこととはいえ悔しいのだが……。
「じゃあ七彩の歓迎会しようぜ‼　俺らのダチだからな‼」
「「「お〜う‼」」」
　平太のかけ声のもとに、いろいろな色の頭をしたヤンキーたちがせっせと動きまわる。
　そんな光景を見ながら、私は胸がポカポカした気持ちになっていた。
　温かい場所。
　温かい人。
「よかったな、七彩」
　大好きな、人。
　隣にいる飛鳥が私の彼氏なんて信じられないけど、本当のことなんだ。
　これから、飛鳥と、輝夜のみんなと……。
　どんな日々を歩んでいくのだろう。
　きっと想像もできないくらいのワクワクが、待っているのだろう。

　守ってくれると言った飛鳥。

　そんな飛鳥を、私も守ると約束した。

「七彩～！　乾杯するぞ～！　ジュースだけどな！」

「今、行く～！」

　駆け出そうとした私の手首を引いて、チュッとキスをした飛鳥。

　私はこの手を、これからも繋いでいられるかな。ううん、離さない。

　きっと、これからもずっと。

「よそ見すんなよ」

「バ～カ」

　この腹黒で俺様な総長くんが隣にいてくれる限り。

Fin.

あとがき

こんにちは、Hoku*と申します。

このたびは、『暴走族くんと、同居はじめました。』に最後までお付き合いいただきありがとうございました。

この作品のテーマは「１%のラブと99%のコメディーなラブコメ」です。皆様がこの作品を読んで笑っていただけたなら、とても嬉しく思います。

この話を書こうと思ったきっかけですが、まず“暴走族”というものに、ドン引きしちゃうような子が書きたかったのです。正義感があって、ハッキリものを言える子って憧れちゃいますよね。そんな私の憧れを詰め込んだのが、今回のヒロインである七彩です。七彩は、最後まで絶対に姫にはさせない！　と決めておりました。そこだけは七彩のまっすぐさを突き通してほしい、そう思っております。パワフルだけどまっすぐな、そんな七彩を最後まで見守っていただきありがとうございました。

他にも、書く前からこだわろうと思っていたことがあります。それは彼らの会話を、私たちの笑いに絶えない日常と同じような身近なものにしようと思いました。

もしかしたら、この作品を読んでくださった方の中には小説の中とはいえ、彼らとの距離を近く感じてくださった方もいるかもしれません。そういう面でも、読者の皆様にとって、かなり新鮮な作品になったのではないでしょうか。

この作品の執筆中、苦労したこともありました。一番苦労したのはゴリラの生態です！　作中に使っていないものも含め、結構調べました。なんてところに力を入れているんだ……と思われるかもしれませんが、それもこの作品の醍醐味と思っていただき、他の小説にはない、登場人物たちのやりとりを楽しんでいただければと思います。

また、書籍化に伴い大幅に編集させていただきました。サイトで見て文庫を買ってくださった方がいらっしゃいましたら、「こんな展開だっけ？」と思われるかもしれませんが、両方お楽しみいただけたら幸いです。

そして、

ちょっとした日常の息抜きに。

ちょっと明るい気持ちになりたい時に。

ちょっとドキドキしたい時に。

気軽にお手に取って、皆様の気分転換になる作品でありたいと思っております。

最後に、お世話になりました本間様、酒井様、そしてスターツ出版の方々。このような素敵な機会をありがとうございました。何より応援してくださったファンの皆様。感謝の気持ちでいっぱいです。本当にありがとうございます。“暴走族もの”はファンタジーだと思っております。小説の中で、彼らはキラキラな世界を見せてくれます。皆様にとってそのキラキラの１つがこの１冊でありますように。

2018.04.25　Hoku*

この物語はフィクションです。
実在の人物、団体等とは一切関係がありません。

Hoku*先生への
ファンレターのあて先

〒104-0031
東京都中央区京橋1-3-1
八重洲口大栄ビル7F
スターツ出版（株）書籍編集部 気付
Hoku*先生

暴走族くんと、同居はじめました。

2018年4月25日　初版第1刷発行
2018年11月9日　　　第2刷発行

著　者　Hoku*

発行人　松島滋

デザイン　カバー　金子歩未（hive&co.,ltd.）

ＤＴＰ　朝日メディアインターナショナル株式会社

編　集　本間理央　酒井久美子

発行所　スターツ出版株式会社
〒104-0031 東京都中央区京橋1-3-1　八重洲口大栄ビル7F
TEL 販売部03-6202-0386（ご注文等に関するお問い合わせ）
http://starts-pub.jp/

印刷所　共同印刷株式会社
Printed in Japan

ISBN 978-4-8137-0441-6　C0193

ケータイ小説文庫　2018年4月発売

『愛は溺死レベル』　＊あいら＊・著

癒し系で純粋な杏は、高校で芸能人級にカッコいい生徒会長・悠牙に出会う。悠牙はモテるけど彼女を作らないことで有名。しかし、杏は悠牙にいきなりキスされ、「俺の彼女になって」と言われる。なぜか杏だけを溺愛する悠牙に杏は戸惑うけど、思いがけない優しさに惹かれていく。じつは、杏が忘れている過去があって⁉　胸キュン尽くしの溺死級ラブ‼

ISBN978-4-8137-0440-9
定価：本体590円＋税

ピンクレーベル

『新装版 地味子の秘密 VS 金色の女狐』　牡丹杏・著

みつ編みにメガネの地味子として生活する杏樹は、妖怪を退治する陰陽師。妖怪退治の仕事で、モデルの付き人をすることに。すると、杏樹と内緒で付き合っている陸に、モデルのマリナが迫ってきた。その日からなぜか陸は杏樹の記憶をなくしてしまって…。大ヒット人気作の新装版、第2弾登場!

ISBN978-4-8137-0450-8
定価：本体630円＋税

ピンクレーベル

『瞳をとじれば、いつも君がそばにいた。』　白いゆき・著

高1の未央は、姉・唯を好きな颯太に片思い中。やがて、未央は転校生の仁と距離を縮めていくが、何かと邪魔をしてくる唯。そして、不仲な両親。すべてが嫌になった未央は家を出る。その後、唯と仁の秘密を知り…。さまざまな困難を乗り越えていく主人公を描いた、残酷で切ない青春ラブストーリー。

ISBN978-4-8137-0443-0
定価：本体590円＋税

ブルーレーベル

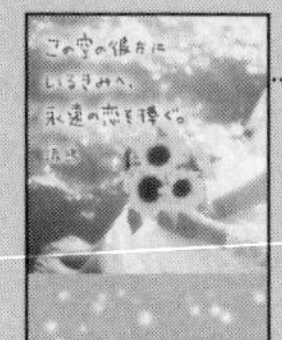

『この空の彼方にいるきみへ、永遠の恋を捧ぐ。』　涙鳴・著

高1の美羽は、母の死後、父の暴力に耐えながら生きていた。父と温かい家族に戻りたいと願うが、「必要ない」と言われてしまう。絶望の淵にいた美羽を救うかのように現れたのは、高3の棗（なつめ）。居場所を失った美羽を家に置き、優しく接する棗だが、彼に残された時間は短くて…。感動のラストに涙！

ISBN978-4-8137-0442-3
定価：本体580円＋税

ブルーレーベル

ケータイ小説文庫　2018年好評の既刊

『子持ちな総長様に恋をしました。』Hoku*（ホク）・著

人を信じられず、誰にも心を開かない孤独な美少女・冷夏は高校1年生。ある晩、予期せぬ出来事で、幼い子供を連れた見知らぬイケメンと出会う。のちに、彼こそが同じ高校の2年生にして、全国No.1暴走族「龍皇」の総長・秋と知る冷夏。そして冷夏は「龍皇」の姫として迎え入れられるのだが…。

ISBN978-4-88381-910-2
定価：本体530円＋税

ピンクレーベル

『キミを好きになんて、なるはずない。』天瀬（あませ）ふゆ・著

イケメンな俺様・都生に秘密を握られ、「彼女になれ」と命令された高1の未希。言われるがまま都生と付き合う未希だけど、実は都生の友人で同じクラスの朔に想いを寄せていた。ところが、次第に都生に惹かれていく未希。そんなある日、朔が動き出し…。3人の恋の行方にドキドキが止まらない！

ISBN978-4-8137-0424-9
定価：本体590円＋税

ピンクレーベル

『1日10分、俺とハグをしよう』Ena.（エナ）・著

高2の千紗は彼氏が女の子と手を繋いでいるところを見てしまい、自分から別れを告げた。そんな時、学校一のプレイボーイ・泉から“ハグ友”になろうと提案される。元カレのことを忘れたくて思わずオッケーした千紗だけど、毎日のハグに嫌でもドキドキが止まらない。しかも、ただの女好きだと思っていた泉はなんだか千紗に優しくて…。

ISBN978-4-8137-0423-2
定価：本体560円＋税

ピンクレーベル

『もっと、俺のそばにおいで。』ゆいっと・著

高1の花恋は、学校で王子様的存在の笹本くんが好き。引っ込み思案な花恋だけど友達の協力もあって、メッセージをやり取りできるまでの仲に！　浮かれていたある日、スマホを落として誰かのものと取り違えてしまう。その相手は、イケメンだけど無愛想でクールな同級生・青山くんで——。

ISBN978-4-8137-0403-4
定価：本体590円＋税

ピンクレーベル

ケータイ小説文庫　2018年5月発売

NOW PRINTING

『君に好きって言いたいけれど。』善生茉由佳・著

過去の出来事により傷を負った姫芽は、誰も信じることができず、孤独に過ごしていた。しかし、悪口を言われていたところを優しくてカッコいいけど、本命を作らないことで有名なチャラ男・光希に守られる。姫芽は光希に心を開いていくけど、光希には好きな人がいて…？　切甘な恋に胸キュン‼

ISBN978-4-8137-0458-4
予価：本体 500 円＋税

ピンクレーベル

NOW PRINTING

『この幼なじみ要注意。』みゅーな**・著

高２の美依は、隣に住む同い年の幼なじみ・知紘と仲が良い。マイペースでイケメンの知紘は、美依を抱き枕にしたり、おでこにキスしてきたりと、かなりの自由人。そんなある日、知紘が女の子に告白されているのを目撃した美依。ただの幼なじみだと思っていたのに、なんだか胸が苦しくて…。

ISBN978-4-8137-0459-1
予価：本体 500 円＋税

ピンクレーベル

NOW PRINTING

『きみと、桜の降る丘で（仮）』桃風紫苑・著

高校生の朔はある日、病院から抜け出してきた少女・詞織と出会う。放っておけない雰囲気をまとった詞織に「友達になって」とお願いされ、一緒に時間を過ごす朔。儚くも強い詞織を好きになるけれど、詞織は重病に侵されていた。やがて惹かれ合うふたりに、お別れの日は近づいて…。

ISBN978-4-8137-0460-7
予価：本体 500 円＋税

ブルーレーベル

NOW PRINTING

『恋愛禁止』西羽咲花月・著

ツムギと彼氏の竜季は、高校入学をきっかけに寮生活をスタートさせる。ところが、その寮には『寮生同士が付き合うと呪われる』という噂があって…。噂を無視して付き合い続けるツムギと竜季を襲う、数々の恐怖と怪現象。２人は別れを決意するけど、呪いの正体を探るために動き出すのだった。

ISBN978-4-8137-0462-1
予価：本体 500 円＋税

ブラックレーベル

書店店頭にご希望の本がない場合は、
書店にてご注文いただけます。